ハヤカワ文庫 SF
<SF2142>

ネクサス

〔上〕

ラメズ・ナム
中原尚哉訳

私をこの世界に誕生させ、育て
あらゆる段階で支援してくれた
ママとパパへ

目次

ネクサス〔上〕

登場人物

ケイデン・レイン(ケイド)……………………神経科学者

ワトソン・コール(ワッツ)……………………元軍人

ランガン・シャンカリ

イリヤナ・アレクサンダー(イリヤ)……ケイドの仲間。神経科学者

サマンサ・カタラネス(サム)………………ＥＲＤ特別捜査官

ウォレン・ベッカー……………………………ＥＲＤ執行部部長代理

マーティン・ホルツマン………………………ＥＲＤ神経科学部長

朱水暎《ジュウ・スイイン》……………………………………………著名な神経科学者

風《フェン》………………………………………………朱水暎の運転手

タノーム・プラト‐ナン(テッド)…………合成化学者。ナノテク技術者

スク・プラト‐ナン……………………………テッドの甥

ソムデット・プラ・アナンダ………………大学の神経科学部長。仏僧

1 〈ドン・ファン〉プロトコル

二〇四〇年二月十七日金曜　二二：五五

姓名サマンサ・カタラネス、呼び名をサムとする女は、タクシーから降りて二十三丁目の一軒家へ歩み寄った。ドアが開いて光と音楽と人声が夜の通りに流れ出し、二人の女が出てきた。腕を組んで会話に熱中している。すれちがいながら微笑んできたので、サムも笑みを返した。顔認識コードが二人を判別し、軍用コンタクトレンズごしに二人の顔の脇にそれぞれの名前、年齢、危険度が穏やかに光る文字で投影される。どちらも問題ない。民間人だ。今夜のミッションには無関係。

続いて家の外観を見る。構造材、電力線、通信線、侵入路や脱出路になりうるドア、窓、壁の脆弱点がにぎやかに視界に映し出される。サムはまばたき一つでそれらを消した。今夜の任務では必要ない。

階段を上りながら左膝に痛みを感じた。サーリー郊外での凄惨な銃撃戦の名残だ。さすがにあの夜は忘れられない。顔の肌につっぱりを感じた。唇は腫れぼったく、頬は張り、顎はすこし出ている。この顔を維持するのは神経が疲れる。緊張を解いてもとの顔にもどりたかった。

今回のミッションのブリーフィングで見た資料がひとりでに頭をよぎった。爆破された建物と散乱した死体。宗教指導者が長年の腹心に殺された事件。政治家の不可解な変心。自爆テロ、暗殺、政治的転覆。そして非人間的なほど忠誠心が高く、なにも考えず、なにも疑わない無表情な超人兵士の部隊。それらをつなぐ糸が、北京の新しい強制支配技術だ。

今夜のターゲットは、その理解と打倒に一歩近づくための技術を持っている。

サムはドアを開け、変装した顔に大きな笑みを浮かべてパーティのなかにはいっていった。大音量のフラックス・ミュージックが体を打つ。鋭敏になった感覚に数十人分の体臭が充満する。多数の顔がうごめく視野をＩＤデータが埋める。

このなかから目的の男を探さなくてはいけない。

二〇四〇年二月十七日金曜　二三：一〇

「楽しんでる？」

若い女が声をかけ、体を寄せてきた。パーティの騒音のなかで会話するために近づく。キスできるほど近い。

ケイデン・レインは注意深く冷静に女を観察した。体の反応は〈ドン・ファァン〉にまかせている。軽い笑み。オキシトシンを放出。頬の毛細血管を拡張。自信と期待。返答の候補が頭に浮かび、喉もとまで出かける。ソフトウェアの会話補助パッケージが候補をしめす。


ああ、ダンスは好きだからね。

もちろん。きみはどんな音楽が好き？

きみのようなかわいい子がいっしょならね。


脳内にある高度に改変されたネクサス・ノードに信号が広がる。薬物によるこのナノ構造がデータを評価し、処理し、変更する。〈ドン・ファァン〉が数ミリ秒で選択する。前頭葉と側頭葉の言語中枢に接続したネクサス・ノードが入力刺激を発生させる。言語中枢にはいった神経インパルスは運動皮質へ伝わり、そこから舌、顎、唇、横隔膜の筋肉へ流れていく。若い女の問いを聞いて一瞬後には筋肉が動きだし、返答を発声する。

「ああ、ダンスは好きだからね」

自分の返事をケイドは聞いた。だれだ、この凡庸なセリフを書いたのは。

「今夜どこかでいいパーティやってるかしら」女は訊いた。

フランシスだ。名前はフランシス。二十分前に廊下で会った。二十六歳、乙女座。職業はグラフィックデザイナー。いい香りを漂わせる。話しながら相手にふれる癖がある。タイトなパンツと胸もとの開いたトップがそそる。趣味はアクロヨガ、大音量のダンスミュージック、中米旅行。飼い猫が二匹。

ケイドはこれまで相手の星座など尋ねたことは一度もない。今回も自分では訊いたという意識はない。ソフトウェアが勝手に口と肺を動かしたのだ。自分がやったうちにはいらないだろう。

テスト中なのだ。ソフトウェアがネクサスのインターフェースを利用して実環境での発話と聞き取りを制御できることを確認するのが目的だ。そのプラットホームとしてこのデートアプリを使おうと言いだしたのは、ランガンだ。そしてケイドがテスターにされた。

「ちょっと外に出て楽しんでくればいいだけだ。ぶらつきながら、適当な女を口説いてみてくれ」とランガンは言った。

次のフィールドテストはランガン自身にやらせよう。

「いいよ、調べてみようか」アプリの〈ドン・ファァン〉が答える。

ケイドは電話を出して、そばの壁に押しつけた。〈ドン・ファン〉が話す。

「今夜、ベイエリアでのダンスパーティ。二人で没入できるやつ」

フランシスがカメラの正面に移動した。廊下を小走りに通った客が彼女に軽くぶつかり、フランシスはケイドの脇に滑りこむように身を寄せた。温かく魅力的な体だ。電話の答えをいっしょに見るために、ケイドはその腰に腕をまわした。ランガンの提案に乗ったのは悪くなかったかも……。

電話の網膜プロジェクターが二人の目をとらえ、指向性音響システムが二人の耳に照準をあわせた。近くで開催中のイベントが共有視野にスクロールする。

セロトニン・オーバーロードⅣ

イベントの短い広告が二人の感覚に流れこんだ。脈動する音楽、シンクロした照明、楽しげな笑顔。抱きあい、一つになって動くダンサーたち。

フランシスは眉をひそめた。

「ちょっとはげしすぎ」

ケイドは軽く笑った。

「じゃあ、次」

白鳥座特急《シグナス・エクスプレス》
オデュッセウス計画の資金集めパーティ

無限の宇宙、はるか遠い恒星をめぐる惑星。パーティの客たちは真っ白い宇宙服のようなものを着ていて、接触のたびに電子音が鳴る。深いトランスのリズムと宇宙背景放射のノイズが流れている。

フランシスは肩をすくめた。ケイドにぴたりと寄り添った体が揺れる。

「宇宙ではあなたのダンス音楽は聞こえない……って感じ」

ケイドは肩をすくめた。

「次」

裸の仲間《ケア・ベア》
セクシー乱痴気合衆国《ユナイテツド・スケインズ・オブ・セクシー》主催

音と映像が切り替わった。半裸の人々が体をくねらせ、肌をこすりあわせている。低く喘ぐサウンド。口もと、ヒップ、胸のクローズアップが短くカットイン。

フランシスが押しつけた腰を軽く動かした。

「あら、これいい感じ。じゃない？」

ケイドは声をたてて笑った。普段ならこんなところにはいる勇気はない。しかし今夜はべつだ。ネクサスのナノスケール構造上に構築したプラットホームがどこまで機能するか、限界を試したい。うってつけのテストだ。科学研究のためだ。

〈ドン・ファン〉に勝手に答えさせた。

「かもね。今夜は僕といい感じになる予定？」

アプリに身をまかせ、ウィンクもさせた。

フランシスは意味ありげな笑みを浮かべ、眉を上げてケイドにむきなおった。体は押しつけたままだ。

「あなたがやりたいんでしょ？」

きれいな緑の瞳でまばたき。

「一番気持ちよくなるのはきみさ」

〈ドン・ファン〉が答える。ケイドは反対の手も彼女の腰にまわし、抱き寄せてその目をのぞきこんだ。

「証明して」

フランシスはかわいらしく下唇を噛んでみせた。

答えるのがケイド本人だったらどもったり赤くなったりしただろう。しかしいまは計算ずくのプログラムに支配されている。

「どっちの部屋で？」

二人は立ったままキスしはじめた。忍びこんだ空き部屋の壁にケイドが背中を押しつけている。フランシスは笑い上戸だった。陽気に楽しく愛撫し、それがケイドにも伝染する。何度もキスし、笑い、ささやく。ケイドの他人事のような気分はどこかに消えた。だれかが部屋のドアを開けたが、二人を見て、謝って出ていった。またくすくす笑い。さらにキス。笑いはため息に変わり、やがてため息から腰の動きに変わる。手で探りあう。体温が上がる。彼女の吐息が短く、低くなる。ケイドも。

会話シナリオはひどかったが、結果は悪くないとケイドは思った。

ランガンと打ち合わせたテスト項目はもう一つある。運動感覚インターフェースだ。目をつぶってキスしたまま、ネクサスOSにはいった。脳を満たした薬物がつくる億単位のナノ構造の上に、ランガンとともに構築したシステムだ。

視野の下端を穏やかに光る数字がスクロールしていく。右端にアイコンが並ぶ。フィールドテストを記録中の実験ログのウィンドウは閉じてタイトルバーだけになっている。パーティの喧噪は遠くに聞こえる。内なる目で脈拍、呼吸、神経電気活動、インターフェースの状態、神経伝達物質と神経ホルモンの各レベルを見た。すべて正常。ランガンが不正コピーしてこのモデルで走るように改変した〈ドン・ファン〉も、割り当てられたリソースのみで正常に動作している。それを脇へフリックして、べつのプログラムを探した。VRポルノから体の動きを抽出して、運動制御ソフトに出力するようにランガンがハックしたプロセス。もとのポルノ男優から名付けた〈ピーター・ノース〉だ。

```
activate: peter_north
mode: full_interactive
priority: 1
smut_level: 2
```

フランシスは体をさらに強く押しつけはじめた。笑いは消えている。ケイドの顎を唇でなぞり、口から唾液を吸う。ケイドの手のなかでその体が熱くなっている。スキニーなパンツはなめらかで尻をぴったり包んでいる。軽く脚を開いてケイドの腿をはさみ、キスしながら腰とともにグラインドする。快感の低いうめきがケイドの脳の原始的な部分を刺激する。視界にはまだ数字とアイコンがある。

ケイドは一つの刺激を無視して、べつの刺激に集中した。

〈ピーター・ノース〉が動きだした。運動感覚インターフェースをテストするために、ランガンがネットで入手して、ネクサスOS用に改変したVRポルノのボット。手足の位置変更と筋肉と関節の動作ベクトルが出力される。ケイドの脳内でネクサス・ノードが発火し、運動中枢から手足へ信号が流れる。ケイドの体が反応した。

フランシスは低くうめき、ケイドの手の下で尻を動かし、腰を押しつけている。〈ピーター・ノース〉はケイドの手を彼女の背筋にそって下ろしていく。トップの布地を通過し、なめらかでタイトなパンツの背面へ。形のいい尻の片方を軽くつかんでから、振り上げてパチンと叩く。

「ああん」

フランシスはうめく。仕返しにケイドの下唇を痛くない程度に噛んで引っぱる。指は胸をなでて乳首を探り、親指と人差し指でつねる。今度はすこし痛い。

ううむ、このテスターを損な役まわりだと思ったのは大まちがいだった。

〈ピーター・ノース〉がフランシスの尻をつかんで持ち上げ、カウチへ運んで下ろした。ソフトウェアはケイドの体をその上へ。片方の膝をクッションの端に、反対の膝を相手の股のあいだに。両手を彼女の髪に差しいれ、指にからめて拳にする。軽く引き上げてフランシスをのけぞらせ、こちらにむかせる。〈ピーター・ノース〉はフランシスが目を開いて見つめ返すのをしばらく待つ。ひと呼吸おいて顔を下ろし、唇をあわせる。

お礼を言いたいほどだとケイドは考えた。ランガンから無理に頼まれたおかげで楽しめる。

フランシスは爪を立てて応えた。ケイドのシャツごしに鋭く痛くする。腰を前に出して、股間をさらに強くケイドの膝に押しつけ、腿ではさむ。唇をあわせてうめきながら、手はケイドのベルトを探しあて、シャツの下にもぐりこむ。皮膚をみつけて、また爪を立てる。ケイドは本来の仕事に集中しようとした。実験ログに書きこまなくては。科学者らしく。

筋肉制御はなめらか。フィードバック系は優秀。苦痛への反応は不充分かも。

外部では〈ピーター・ノース〉が片方の胸をつかみ、反対の手を髪にからめている。ケイドのシャツは脱がされ、その胸から腹へフランシスは歯を立てている。

苦痛への反応はあきらかに不充分。

フランシスの手は彼の股間にかかっている。ケイドは勃起していた。ランガンとともにインターフェースに設定した安全限界に迫っている。フランシスにとっては好ましい。誘惑的な笑みとともに、ケイドのパンツの前面を擦る。脚に押しつけた腰もいっしょにグラインド……。

ケイドの注意はべつのところにむいていた。勃起モジュールの限界試験になっている。

フランシスは上目遣いの笑みで、長く手を動かす。

「食べちゃっていい？」

扇情的に舌なめずり。

ケイドの頭はこれから起きることの予想図でいっぱいになった。期待で胸が高鳴る。答えようと口を開く。

interface warning - max spikes per second > parameters（インターフェース警告、最大刺激の秒間発生がパラメータを超過）

interface warning - packet loss in connection 0XE439A4B（接続でパケット喪失）

interface ERROR - socket not found OXA27881E（ソケットを発見できず）

interface ERROR - socket not found OXA27881E

interface warning...

やばい。

エラーと警告がケイドの視界に押し寄せる。刺激をあらわすパラメータ画面が黄色や赤表示になっている。皮質間の通信帯域が飽和、パケットが失われている。エラー報告とエラー修正のパッケージでCPU時間が大きく食われる。システム全体がエラー原因を修正しようと活動を増やしている。

外部の体はもはや〈ピーター・ノース〉にもケイド自身にも制御されていなかった。腰が痙攣するように前後に動く。両手はフランシスの驚いた顔を押さえつける。衣服におおわれた股間をその顔にぶつけ、恥骨を突き出す。口は大きく開き、目の焦点はあわない。喉からは意味不明な声が漏れる。

「あう、あう、あう……」

interface warning - max spikes per second > parameters（インターフェース警告、最大刺激の秒間発生がパラメータを超過）

interface warning - max spikes per second > parameters

interface ERROR...

くそ、くそ、くそ。ケイドは命じた。

システム停止

反応なし。くりかえした。

システム停止

やはり無反応。

システム停止

システム停止

停まれ、くそったれ!

神経筋肉刺激系が停止した。ケイドの内部ディスプレイも消えた。筋肉は弛緩。腰の動きは止まった。フランシスの頭をつかんでいた両手もゆるむ。うまくいった!

ほっと息をついた。

とたんに、べつの強い痙攣が全身の筋肉を収縮させる。何度も、何度も……。

なんだこれは? うわ、まずい。

射精していた。

フランシスの上から離れ、背後にあるベッドに倒れこむ。全身を貫く絶頂感の刺激に背中と足の指がそりかえる。大笑いした。涙がこぼれた。横むきになって幸福と混乱と愉快さと眠気をもよおす深く温かい平穏に包まれる。あー。

「いったいなんなのよ！」フランシスが立ち上がって叫んだ。片手で顔を押さえている。

「あなた、おかしいんじゃないの！」

ケイドはぼんやりした表情で体をまわした。謝ろう、説明しようと口を開き、立ち上がりかける。

「フランシス……」

「動かないで、この変態！」非難をこめて指さす。「わたしがこの部屋を出ていくまでにすこしでも動いたら、大声をあげて助けを呼ぶわよ」

こちらにむいたままドアへ退がっていく。

「ちょっと待って。ごめん。そんなつもりじゃ……ええと……」

「黙って！　最初だけの早漏野郎。変態行為がやりたいのなら、先にそう断ってよね」

フランシスはドアを開けて出ると、乱暴に閉めた。ドアごしに声が聞こえる。

「ねえ、この部屋に気味の悪い変態がいるわ……」

やれやれ、失敗した。

二〇四〇年二月十七日金曜　二三：四七

彼らが来る。海兵隊が。仲間が。

ヘリの音が聞こえる。銃声が聞こえる。

彼が連れていかれた先、監禁場所を発見したのだ。地獄の穴を長きにわたってはっきり見せられた場所を。海兵隊は仲間を見捨てない。だから来る。その行く手をさえぎる者に神の慈悲を。

ワトソン・コールは跳び起きた。

汗だくだ。心臓がはげしく鼓動している。息苦しい。ベッドで上体をなかば起こしている。なにかを防ぐように黒い肌の太い片腕を上げている。全身が震えている。くそったれ。ただの夢だ。また悪夢だ。

「点灯」

発声すると、小さな部屋に明かりがともった。光が恐怖を遠ざける。ここはカザフスタンではない。あの戦争ではない。ここはサンフランシスコの自分の部屋だ。

マットレスに体重をもどした。シーツは寝汗で湿っている。

深呼吸。力を抜け。深呼吸。

今回は救出される場面だった。救出、そして少女ルナラ。みんな夢に出てくる。アルマン、ヌルザン、テミル。なによりルナラ。彼を拘束した人々。ネクサスという薬物で精神の蓋をこじ開けられた。彼らだけでなく他の人々も多数はいってきた。戦争犠牲者の悲惨な記憶を流しこまれた。

二年たってもまだ夢をみる。彼らの生活が出てくる。

なぜ俺に？　俺でなくてはいけなかったのか？

そのときその場所にたまたまいただけ。それだけだ。もしいなかったら……。

まだあの国にいただろう。祖国のために戦っていただろう。殺しつづけていただろう。

なにも知らず、なにも見ず、なにも疑わずに。

べつのだれかが彼らの地獄をかわりに見せられたはずだ。

深呼吸。体の力を抜け。深呼吸。

心拍は落ち着いてきた。震えはほぼおさまった。ベッド脇の時計を見る。まだ真夜中ですらない。ほんの一時間うとうとしただけだ。ベッド脇のテーブルを見て、上の引き出しにはいっている薬瓶を考えた。あれを呑めば夢をみずに意識が落ちる。しかし使うたびに効きにくくなる。量が増える。

地獄など望んでいなかったのに、引きこまれた。目を開かれたくなかったが、開かれた。贖罪の機会など求めていなかったのに、用意された。そうやって理想主義的な若者たちの家族に迎えられた。ネクサスによって改造され、進歩した。その進歩によってネクサスは人の精神と心にふれる強力な道具になった。

ネクサスで彼は変わった。自分の行動を他人の目から見た。自分や仲間の行為がいかに邪悪かを知った。もっといいやり方、もっといい世界を求める気持ちになった。頑迷な自分が変われたのだから、他の人々が変われないはずはない。

ワトソン・コールは立ち上がり、ランニングに出るために着替えた。人間の限界まで鍛えた肉体をさらにいじめてくる。睡眠薬になど頼らない。鍛えて強くありつづける。罪の報いを受けるまえにやるべきことがある。

自分を変えた薬は、世界をも変えられる。それを実現するのだ。

二〇四〇年二月十七日金曜　二三：五五

失敗したとケイドは思った。まずいときにバグが出た。トイレで顔を洗いながら落ち着こうとした。さっさと抜け出して、さっきのクラッシュ原因をデバッグする方法を考えよう。

トイレのドアを開けてパーティの人ごみに出た。裏口が安全だろう。だれとも目をあわせないようにして途中まで来たとき、ふいに名前を呼ばれて、肩に手がかかった。

「ねえ、ケイド！」

ドミニクだ。今夜の主催者の女性。まずい。彼女は続けた。

「ケイド、紹介したい人がいるのよ。サマラよ。サム、彼はケイデン・レイン。ケイド、彼女はサマラ・チャベス。サムから最近読んだ論文の話を聞いていて、あなたの研究を思い出したの」

サムは二十代半ばから後半の女性だった。オリーブ色の肌に、肩までとどくストレートの黒髪。スタイルのいい黒のスラックスに、ぴったりした灰色のセーター。その下は筋肉が盛り上がっている。スイマーの体形だ。

「よろしく、ケイド。ドミニクから聞いたんだけど、博士研究で脳コンピュータ通信をやったんですって？」

ケイドは裏口に目をやった。すぐそこなのに……。

「そうだよ。カ《U》リフォルニア《C》大学サンフ《S》ランシスコ校《F》のサンチェス研にいる。どんな論文を読んだんだい？」

「二匹の猿の脳の一部を無線接続して、一方の目に見えるものをもう一方に見せる実験」

ウォリックとマイケルソンの研究だ。一部のメディアで取り上げられた。

「あれはいい論文だね。あの二人とはときどき協力するよ。バークレー校のほうにいる」

「へえ。あなたもそういう研究を？」

ドミニクはその場から去った。

ケイドは足をもぞもぞと動かした。ズボンの前が汚れているのを強く意識する。

「身体機能の制御インターフェースの研究には多くの助成金が出るからね。筋肉の制御とか――」

ついさっき腰の動きを制御できなくなってフランシスの顔を何度も突いたことが脳裏に蘇る。急いで話を進めた。

「――麻痺した患者をふたたび動けるようにするとか。僕の論文は高次脳機能に関するものだ。記憶、注意、知識の提示など」

ケイドはいったん口を閉ざした。相手がどこまで聞く気があるかわからないからだ。

するとサムは話の穂を継いだ。

「興味深いわね。一匹のネズミに迷路のレイアウトを憶えさせたら、脳をつながれたもう一匹も通り道がわかるようになったという研究は知ってる？」

ケイドは笑った。

「それ、僕の論文だよ。院生時代に最初に書いたやつだ。だれも可能だとは思わなかった」

サムは眉を上げた。

「すごい。驚いたわ。そこからどう研究を進めたの？　たとえば……」

サムは驚くほど神経科学に興味を持っていた。脳や、彼の研究や、この先の計画について質問を浴びせた。ケイドはついさっきの大失敗のことも、パーティから逃げようとしていたことも忘れかけていた。サムのこともいくつか知った。専門はデータ考古学で、壊れた古いシステムから失われた情報を発掘する会社の仕事をしていること。住まいはニューヨークで、サンフランシスコには数カ月間の契約業務で来ていること。まだ来たばかりで友だちをみつけようとしていることなどだ。サムは愉快で、頭がよく、美人だ。ケイドの冗談によく笑う。共通の趣味もあることがわかった。

「あなたの専門は脳なのね。じゃあ、ネクサスという薬物について聞いたことはある？」

ケイドは慎重にうなずいた。

「聞いたことはあるよ」

「ただの薬ではなく、ナノ構造物だそうね。そして他の脳と接続できるとか。可能なの？」

ケイドは肩をすくめた。

「配線と電波でできるんだから、口から摂取するものでできない道理はないね。それが脳に到達できさえすれば……」

「そうだけど、実際に機能する？」

「するらしいね」

「試したことは？」

ケイドは苦笑した。

「それは違法だ」

サムも笑みを返した。逆にケイドは訊いた。

「きみは試したことは？」

サムは首を振った。

「去年ニューヨークで機会があったんだけど、逃したわ。東海岸では入手困難なのよ」

初使用者になるなとケイドは思った。女性の初使用者は研究のために役立つ……。

ケイドはためらってから答えた。

「こっちでも入手は難しいよ。最近は警察の手入れが多いからね」

サムはうなずいた。

そのあと彼女が言ったことを、ケイドは聞き逃した。視界の隅にあるものが――人が見えたからだ。フランシスだ。

やばい。

「……ひどいやつなのよ。野蛮で」

こちらに背をむけ、ケイドには気づいていない。

「……拘束するかどうかすべきよ。治療が必要よ。専門的な治療が」

裏口はすぐそこにある。そちらへそろそろと移動した。

「ケイド？　どうかしたの？」

サムから話しかけられて、そちらを見た。

「もう行かなくちゃ。ごめん。また会えるといいね」

サムをおいて裏口から抜けだした。


サマンサ・カタラネスは、ケイデン・レインがパーティから去っていくのを見た。警戒させてしまったのだろうか。そのようだ。

軍用コンタクトの隅の画面に注意をむける。表示は赤。それも計測限界を超えた赤だ。ネックレスにしこんだセンサーがネクサスの通信電波をはっきりとらえている。ケイデン・レインは、口とは反対にネクサスの使用経験があるし、それどころか今夜この場で使っていた。しかも一人の人間としてはありえないほど大量に。

しかし奇妙なことに、このパーティでは他にだれも使っていない。他のネクサス使用者と脳接続できないのに、なんのために使っているのか。

いずれわかるだろう。他の方法で彼らに近づかなくてはいけない。次はランガン・シャンカリをあたるか。

サムはまわりを見て、世間話ができる相手を探した。隠れ蓑を維持するために必要だ。

ケイドは神経細胞とナノデバイスが交錯する三次元の迷路を飛びまわっていた。ナノ繊維のアンテナが活発に働き、ネクサス・ノードがデータを送受信する。細胞体に大きなエネルギーが蓄積され、閾値を超えると長い軸索に流れて、他の数千個の神経細胞を刺激する。ケイドのまわりに何枚も開いたウィンドウで表示されたコードが流れる。パラメータの値が変化する。

パーティの大失敗のあとで、自分の脳内で走ったコードのデバッグをするのは楽しかった。体は安全な自室のベッドにある。精神はネクサスの開発環境内を自在に動いて、障害が起きた原因をたどっている。ここでのケイドは融通無碍《ゆうずうむげ》だ。

実験ログを見て、脳内のネクサス・ノードと神経細胞のパルスをたどり、今夜の出来事を調べていく。やがてネクサスOSが障害を起こした箇所をみつけた。そこから時間軸をさかのぼってシステムパラメータを見ていく。するとなにが起きたかわかってきた。興奮した神経細胞に応じてネクセス・ノードが発火するうちに、制御不能の連鎖反応を起こしたのだ。もっと制限をかけなくてはいけない。修正は簡単だ。コードはケイドのまえで開き、思考にあわせて変化する。コンパイルしてテスト。新たなバグをみつけて修正。それをくりかえして完成させた。

精神世界を名残惜しく離れ、肉体の感覚にもどった。そして今夜会ったもう一人の女、サマラのことを思い出した。

初使用の女性被験者はやはりほしい。調整過程にほどこした変更を明日テストするのだ。サンプル量はぎりぎりだが、もう一回くらいやってても惜しくはない。彼女は適合するだろうか？　問題ないだろう。ばかげた行為か？　かもしれない。しかし女性の初使用者をテストできればとても役に立つ……。

それに彼女は頭がよく、話がおもしろく、しかも美人だ……。

ストレート型コンピュータを出して、壁に画面を投影させ、評価ボットにニューヨークシティのサマラ・チャベスについてあらゆる項目を調べさせた。

これだ。サマラ・A・チャベス。評価は〝問題なし〟。

詳細を見た。ケイドからの隔たりは二次。ブルックリンの住所。ネット上の数千枚の写真。データ考古学会やオンラインフォーラムでの彼女への言及。私的コンサルタント業務の営業許可。麻薬サイトでの言及はなし。麻薬犯罪容疑者の手配写真との一致はなし。ボットは彼女を瑕疵のない好評価の人材と結論づけた。

〝かならず二つの情報ソースで確認しろ〟とワッツは言っていた。そこで有料の信用確認サービスも使った。住所は一致。電話番号はネットに登録しているものと一致。信用履歴に瑕疵なし。犯罪歴なし。雇用と教育期間に空白なし。すべて一貫している。

ケイドはあくびをして時間を見た。もう未明の二時だ。他に調べるべきところは？　思いつかない。

サムの公開アドレスに招待状を送った。よければ土曜夜のパーティに来てほしい。質問されたものを見せられるかもしれない。場所は言えないが、来てくれるなら迎えにいく。

読みなおして、送った。

そして服を脱いでベッドに倒れた。

蹴り、受け、打撃、回避、また蹴り。想像上の敵が倒れる。

部屋のむこうでメッセージの着信音が鳴った。ケイデン・レインに割り当てたチャイムだ。

サムは無視して、すばやい動作を続けた。練習中の形《かた》の百八のステップ。四百年の伝統を持つ攻撃と防御と回避の連続を、超人的な滑らかさと正確さで手足が実行する。

集中しろと、ナカムラから教えられた。タスクに没頭し、それ以外は頭から追い出せ。

形が終わるまでメッセージは放置した。終わって、だれもいない部屋にむかって一礼して、ようやくむきなおった。手足はわずかに震え、額には玉の汗が浮いている。スレートにメッセージを表示するように命じた。

空中への投影。サマラ・チャベスあて。パーティへの招待。そこでネクサスを試せるとほのめかしている。

警戒させたのではなかったようだ。

スレートの投影にむかって手を振り、メッセージを消した。明日の常識的な時間に返信しよう。

サマンサ・カタラネスは部屋の中央にむきなおり、虚空にむけて礼をして、次の形をはじめた。

資料

トランスヒューマン（名詞）

能力を拡張され、それによって一つないし複数の重要な分野で通常の人間の限界を超えた人間。

人類進化における新たな一歩。

ポストヒューマン（名詞）

科学技術によって根本的に変容し、トランスヒューマンの状態を超えて、もはや人間とはみなせなくなった存在。

人類の後継者であればどんな種族でもよく、人類を起源とするかどうかは問わない。

人類進化における次の大きな飛躍。

――オックスフォード英語辞典、二〇三六年版

2　扉を閉めよ、心を開け

二〇四〇年二月十八日土曜　〇六：一二

前腕に赤い腫れ物ができて痛む。黒い肌のなかでそこが目立つ。ワッツはこすってみた。固く、熱を持っている。指で掻くと皮膚が剝けた。なかは血まみれ。むきだしの腫れ物に目を凝らす。奥に壊れたDNAの糸が見える気がする。染色体がほぐれて切れている。そこから癌が生まれ、体をむしばんでいく。新たな腫れに気づいた。あそこにも、ここにも。手首が、手が、腕が腫れ物におおわれている。恐怖にかられてシャツを脱ぐ。真っ赤な腫れ物が胸にできかけている。腹にも。ふくらみ、広がり、増えている。全身がおおわれていく……。

ワッツは跳び起きた。

深呼吸。深呼吸。窓からは早朝の光が漏れている。

癌ではない。まだできていない。

腕を調べてみた。滑らかで異常はない。

ベッドから立ち上がり、全身を調べる。

なにもできていない。

「点灯！」

深呼吸。目を閉じる。深呼吸。落ち着け、コール軍曹。

コール軍曹と呼ばれていたのはだいぶ昔だ。

ワッツは流しへ行って冷たい水で顔を洗った。悪夢の残滓を洗い流す。使い捨ての検査器を出して指をいれた。一瞬ちくりとする。血が一滴、細管に吸いこまれる。なかの機械がうなり、動きだす。フローサイトメーターがすべての細胞にレーザー光を照射して分析していく。特徴的な細胞核の肥大、ホルモン量の増加、染色体の異常を探す。DNAおよび蛋白質検査ユニットは細胞を壊して、遺伝子と蛋白質に癌細胞由来の断片を探す。

ワッツは稼働中の検査器をじっと見つめた。緑になってくれ。早く終わってくれ。やるべきことをやる時間をくれと祈った。

電子音が鳴った。検査器の表示は緑。癌の兆候はない。いまのところは。

ワッツは安堵の息をつき、検査器をゴミ箱に放った。

いずれ罪は償う。しかし今日ではない。

二〇四〇年二月十八日土曜　二一：〇八

サムは九時すぎに迎えにきたケイドに連れられて、シーメンスの自動運転タクシーに乗った。プラスチックとカーボンファイバー製の小さな車は国道一〇一号線を南東へ走った。サンフランシスコ国際空港、サンマテオ、メンローパーク、パロアルト、スタンフォードを通って、ベンチャーキャピタルの世界的中心地へ続く道をたどる。

サムはケイドと会話を続けた。彼の仕事、友人、パーティ、よく聴く音楽、そしてネクサスを初めて使った時期について質問した。ケイドはネクサス以外の質問にはすべて答えて、逆に彼女の生活、ニューヨーク、データ考古学の仕事について質問した。サムは役を演じ、架空のサマラ・チャベスとして質問に答えた。長年の嘘はすらすらと出る。データ考古学についてはサマラが経験したさまざまな災難を話してケイドを大笑いさせた。

タクシーはかつてのNASAエイムズ研究センターの敷地にはいって、シモニー飛行場の巨大な第三格納庫で二人を降ろした。フットボール競技場より長く、七階建てのビルより高いという威容だ。

「僕らのパーティ会場へようこそ」

ケイドは笑顔で言った。サムは感嘆のまなざしでうなずいた。

「すごいわね。どうやってここを？」

「実験場としてうちの研究室で借りてるんだ。まあ、今回はある種の実験だから」

サムは眉を上げた。

「すぐにわかるよ」

ケイドは格納庫の裏口へ案内した。すばやく三回ノックすると、ドアが開いた。

はいったところに大きな看板がある。

『ようこそ！　すべての機器のデータ通信を停止してください。電話、スレート、ペン、ウォッチ、眼鏡、サングラス、指輪……その他からの電波の発信はご遠慮ください』

その下にはべつの看板がある。

『入室したら扉を閉めて、心を開いて』

ドアを開けてくれた男が右に立っている。身長百八十センチ、黒人、筋肉質、痩せ型、坊主頭、力を抜いた姿勢。名前はワトソン・コール。軍用コンタクトが赤い明滅でデータを表示する。危険度は高。

ワトソン・〝ワッツ〟・コール（二〇〇九－）
アメリカ軍海兵隊一等軍曹（二〇三八年退役）
派遣先：イラン（二〇三五）、ミャンマー（二〇三六－三七）、カザフスタン（二〇三七－三八）……

専門：対情報活動、白兵戦
強化：海兵隊戦闘および回復加速機能（二〇三六、二〇三七、二〇三八）
最高度の警戒をもって接近のこと

コールはケイドと力強く握手した。

「ケイド」

「やあ、ワッツ。こっちは友人のサムだ。これからは許可リストにいれてほしい」

ワッツはケイドを見たまま眉を上げる。それからゆっくりとうなずいて、ようやく落ち着いた黒い瞳をサムにむけた。

「サマラ・チャベス。きみはリストに掲載された。俺はワッツだ」

茶色い肌の大きな手を差し出す。

サムはすでにワッツの経歴に目を通していた。戦争で荒廃したハイチからの移民。彼の母親と出会って結婚した海兵隊員によって合衆国へ連れてこられた。ワトソンは十八歳で海兵隊に入隊。世界各地のミッションで功績をあげ、褒章と昇進をあたえられた。カザフスタンで反乱勢力の捕虜となり、数カ月の苦難から解放されたときには、人が変わっていた。平和活動家、仏教徒、反戦論者になっていた。捕虜生活の影響か、他に原因があるのか。

サムは握手した。

「初めまして、ワッツ」

その手は力強いが、圧迫はしない。その気になれば鉄をも握りつぶせるはずだ。二つの大陸で何人もの人間を殺した手。サムも最新かつ最高機密の身体強化を導入しているが、ワトソン・コールとは事を構えたくないと思った。

「電波はすべて停めてくれ」ワッツは言った。

なんのため？

「もちろん、いいわ」

サムは上着のポケットから出した電話を相手にしめしたうえで、待機モードに切り替えた。その動作に隠したジェスチャーで、全身の監視機器をパッシブモードに変更した。

ケイドは自分の電話をポケットにもどして、振りむいて笑顔になった。

「広いところを見せよう。まだ時間がある」

「ええ、ぜひ。案内をお願い」

ケイドは大きな重い扉を押し開けた。電磁波シールド構造と思われるそれを閉めると、むこうは廊下になっている。つきあたりのドアを抜けると、一つの巨大な空間にはいった。もとの格納庫の内部だ。奥行き六十メートル以上。アーチ状になった天井高は二十一メートルから二十四メートルほど。旧７４７がすっぽりはいる。

その空間の一方の端にカウチが円形に並べられていた。壁ぞいにはバーがある。十数人があちこち動いてパーティの準備をしている。

端にはＤＪ台があり、大きなスクリーンが四つ並んでいる。そのむこうにＤＪの姿がある。濃い色の肌と脱色した金髪。イスラム教の修行僧《スーフィー》が着る派手な色あいのローブをまとっている。

サムの視界に黄色表示でデータが流れた。めあての参考人だ。

ランガン・シャンカリ（二〇一二―　）、別名アクソン（ステージ名）
博士号取得課程、神経工学、カリフォルニア大学サンフランシスコ校、サンチェス研究室所属
技術研究開発における危険度：中（人間知性強化分野）

ランガンはむこうから二人に手を振った。

「おおい、ケイド。手を貸してくれ。リピーターにへんなグリッチが出るんだ」大声で言う。

ケイドはうなずいた。

「ああ、ちょっと待っててくれ」

そしてサムをべつの方向へ案内した。隅に何人かが集まっている。

「おい、イリヤ」

声をかけると、まじめそうな顔つきのロシア系の女がこちらを見た。濃い色の髪に愁いをおびた大きな目。緑のシンプルなワンピースに、首に巻いた紫の薄地のスカーフがアクセントになっている。そばへ行くとケイドに魅力的な笑みをむけた。

イリヤナ・〝イリヤ〟・アレクサンダー（二〇一四―）

博士課程修了の特別研究員、システム神経科学、カリフォルニア大学サンフランシスコ校、ジェーナス研究室所属（二〇三九―）

メタ知性および集合知性研究の出版物あり

技術研究開発における危険度：中（ポストヒューマン／非人類知性分野）

イリヤナ・アレクサンダー。グループのもう一人のメンバーだ。二〇二七年プドフキン粛清で祖国ロシアを去った難民。理論神経科学者で、とくに集団とネットワークにおける認識研究が専門。

イリヤはケイドを抱擁した。

「来たわね、ケイド」

ケイドは微笑んだ。

「サム、彼女はイリヤナ・アレクサンダーだ。イリヤでいい。イリヤ、サムに準備させてくれないか。僕はランガンのほうを手伝ってくる」

ケイドはサムの腕にふれた。

「きみに服用してもらうものがある。イリヤが用意する。すぐにもどるから」

「ありがとう。またあとで」サムは答えた。

ケイドは背をむけてDJテーブルのほうへ去った。

イリヤはサムを連れて格納庫の空間をあとにした。〝関係者用〟とラベルの貼られたドアを抜けると、休憩用のスペースがある。二人は並んでカウチに腰を下ろす。イリヤはバッグから小さなガラス瓶を出した。黒光りのする液体がはいっている。

サムは胸の鼓動が速くなった。

「過去にネクサスを使った経験は?」イリヤは訊いた。

「ないわ」サムは嘘をついた。訓練で使ったことがある。

「これはネクサス5よ」

ネクサス……5?

一般に製法が知られているのはネクサス3だ。ネクサス4の製法はサンタフェの研究室から一時流出したが、新型リスク対策局《ERD》と麻薬取締局《DEA》の共同作戦ですみやかに回収された。

ネクサス5の存在は噂のみで、確認されたことはこれまでない。

「どこで手にいれたの？」

イリヤの沈黙はわずかに長かった。

「東海岸の友人が入手してくれるのよ」

嘘だとサムは感じた。

「幻覚剤の経験は？」イリヤは訊いた。

「ごく普通に。大学で実験用のものを。流通品を使ったことはないわ」

「そのときは耐えられた？」

「ええ。楽しかったわ。頻繁に使う必要は感じない」

イリヤはうなずいた。

「いいわ。幻覚剤の経験があればこれは楽よ。ネクサスを初めて使うと、とくに最初の一時間はめまいを起こしやすい。薬や他の脳とのインターフェースを脳が学んでいるから。こういうパーティで多数の人が精神に接触すると、よけいにね」

サムは眉をひそめた。

「ネクサスが効くのはせいぜい腕の長さくらいの距離までのはずでは？」

「普通はね」イリヤの視線がわずかに泳いだ。「でも有効距離を伸ばす方法があるのよ」

パズルのピースがはまった。電波発信機器の禁止。ランガンが言っていた〝リピータ

―〟。この学生たちはネクサスの送受信距離を伸ばす方法をみつけたのだ。なんてことだ。

「すごいわね。おまかせするわ」サムは答えた。

鼓動が速くなり、胃が苦しくなった。

イリヤはガラス瓶の蓋を開けた。渦巻く金属的な液体がガラスごしに見える。灰色と銀色の先端が不規則なブラウン運動をしている。つかのまこの薬物が生き物のように見えた。意識と警戒心と目的を持っているかのように錯覚する。

その印象はすぐに消えた。イリヤから瓶を渡され、続いてテーブルにあったジュースのグラスも持たされた。

サムは薬を口にいれた。味はとても金臭く、苦みもある。舌の上では重く、喉を流れ落ちるときは油っぽい。すぐにジュースを口にふくんだ。オレンジとグアバのミックス味。ネクサスの味と感触をすぐに洗い流してくれた。残ったのは甘みと酸味とトロピカルな香りだけ。

さて、次は難儀なプロセスだ。

サマンサ・カタラネスは目を閉じ、マントラを唱えた。記憶の一部を再構成し、自分を別人と思いこむ呪文だ。

象。摩天楼。楓《かえで》。

言葉とともにそれぞれのイメージを想起し、重ねる。精神のタンブラー錠がまわって、抑制すべき知識が隠される。そして架空が現実になる。

サマラ・チャベスとして目を開けた。

3　キャリブレーション

二〇四〇年二月十八日土曜　二三：一四

サマラ・チャベスは飛んでいた。目を閉じ、カウチにもたれて、形と感情、感覚と経験の風景の上を飛ぶ。眼下では赤く脈打つ性欲の海が、鋭角的で黒光りする数学の岸に打ち寄せている。その先ではスペイン語と中国語と英語が緑と茶色の丘陵をなしている。その丘に降り立つと地面は軟らかく、サムは呑みこまれる。声調と動詞と活用を感じる。文字と単語と記号を感じ、意味と音がまじるのを感じる。豊かだ。

ハイになっているのを意識した。これほど強烈にトリップしたのはいったい……いつ以来だろう。それでいて頭は冴え渡っている。あらゆる感覚が鋭敏だ。すべてがあるべきところにある。ここがどこで、なにが起きているかわかっている。

ネクサスが自分を学習しているのだ。調整過程《キャリブレーション》だ。

厚い言語の地層を抜けて、抽象の洞窟にはいった。高くまばゆい概念の都市。時間と空間の大通りが縦横に走って市街を区切っている。都市の中央には自我の神殿がそびえ、繊細なクリスタルと鋼鉄の塔のなかで鐘が鳴っている。その響きは彼女がこれまで伝えようとした言葉のすべてだ。実体化しそうなほど空中で脈打ち、同心円を描いて広がる。脈打ち、都市の街区と響きあい、概念がぶつかる。開けた瞑想の広場、静謐な公園、調和と合成がなされるエレガントな音楽堂。それらが不和と混乱と誤解による爆撃で廃墟になる。彼女の思念は記憶の郊外へ広がる。そのむこうは他者の黒い森にかこまれ、都市は孤立している。

楽しい気分で笑いの公共プールに跳びこみ、出て、美の道を歩いた。通りを曲がって、動く物の大博物館にはいる。裏口から出て行動の道へ。やがて自我の神殿をかこむ大きな広場に出る。あちこちに信者がいる。祈禱に集まっている。よく見ると信者は自分だった。自分が百人、千人、一万人もいる。みんな跪拝している。おのれを崇拝し、祈りを捧げている。

彼女は見まわした。この都市を見た。自分の都市、自分の精神を。一回、二回、三回と回転する。回転は永久運動になり、しだいに速くなる。都市の姿はぶれて見えなくなる。一方で拡大した精神が全体を包みはじめる。高速回転の遠心力で思考や感覚の先端が外へ延び、広がっていく。意思の力でかろうじてつなぎとめている。

この都市は自身だ。百万人の自分が住んでいる。十万の記憶を味わう。場所、時間、物、言葉の記憶。六歳の誕生日。自転車で転倒して、膝に怪我をした。流れた血を指にとって、目にすれすれまで近づけた。そのなかの小さな細胞を見ようとした。大学の卒業式。自分でも意外なほど感激し、興奮した。叔母も叔父も誇らしげな顔をしていた。そこにいるべき両親の姿はなかった。あんなことが……あったせいで。初めて食べた鮨。生のマグロのすばらしい食感に続いて、ワサビの強烈な刺激に鼻腔が圧倒された。砂漠の虹は一人で見た。首すじへの恋人のキス。スパーリングの刺激的な快感。子ども時代のゲーム。そしてデータ考古学。ワツァーのアーカイブをクラックする鍵を午前三時に発見した。パズルのピースがぴたりとあって、ベンターがゲノムに書きこんでいたメッセージを完全に解読できた。

〝これはすべてあなた〟——こんな言葉がひとりでに湧いてきた。

記憶は順番にではなく、並行し、重なり、交互に蘇ってくる。初めてだ。人生の時間軸が三次元になったようだ。

いまここにいることの強い実感とはかりしれない大きさを感じて、歓喜で爆発しそうになる。もっと大きくなりたい。この都市や洞窟よりも広がりたい。自分というサイケデリックな惑星をすっぽり包みたい。自己の存在のあらゆる瞬間、あらゆる部分、あらゆる力を一度に経験したい。一つの惑星だけでなく、あらゆる人のあらゆる物事を経験したい！

「サム？」

目が開いた。興奮して上気している。肩で息をしている。心臓が高鳴っている。股間が湿っている。これほどの高揚あるいは陶酔は初めてだ。たとえるなら……なんだろう……。

「サム？」

ケイドだ。ケイデン・レイン。自分をここへ連れてきた男。ネクサスを初めて（といっていいのか）使う機会をくれた男。美形で、長身で、困惑気味で、臆病で、純情な若者。燃える心と、好奇心のためなら無茶をいとわない少年性。その彼がカウチの足もとに立ち、横たわるサムをためらいがちに見ている。

「ケイド」かすれた声しか出なかった。もう一度、もっと普通に声を出す。「なに？」

「どうだい、気分は？　遅くなってごめん。ランガンを手伝ってグリッチの原因を探してたんだ」

ランガン……。そうだ、ＤＪだ。パーティに来ているのだ。思い出した。

落ち着いて、サム。

「ケイド」相手に視線をあわせて深呼吸した。「これはすごいわ。夢中で、泳いで、深く潜った……うまく説明できないけど」

いまも渦を感じる。同化とキャリブレーションが脳内で続いている。肌が敏感になっている。言葉や呼吸の一つ一つが電気を帯びたように感じる。

ケイドは微笑んだ。

「話してくれ。どんな気分なのか」

サムは目を閉じ、そのまま話した。

「自分のなかにはいったわ。精神のなかに。自分を構成するもののつながりを見た。異なる概念……さまざまな概念を得た。人生のあらゆる場面を見た。それらのパターンや関連に気づいた。すごく気持ちいい。もしこうやって仕事ができたら……なんでも吸収できる」ややおいて、続けた。「そして、とてもとても欲情しているわ」

目を開けた。ケイドは赤面していた。そらした目を足もとへやったり壁へやったりしている。じつは最後の言葉までまっすぐ彼女を見ていたようだ。そして、彼も欲情している。サムに対して。

その目に映る自分が垣間見えた。上気して体温が上がり、乳首が立ち、胸は大きく上下し、呼吸が荒い。それが垣間見えたのは、直観ではない。ケイド自身から伝わってきた。

ということは？　彼も服用しているのか？

「ケイド、あなたもすでにネクサスを使ってるの？」

するとケイドはさっと彼女に目をもどした。臆病なようすは消えてまっすぐ見ている。黙ってカウチのまえにまわり、サムのすぐ隣に腰を下ろした。彼女の額に手をあてる。するとサムはなにかを感じた。ケイドの精神がふれてくる。招いている。そして開く。サムのまえでケイドは開いた。

ケイドの欲情がまたわずかにのぞいた。サムへの興味。臆病な気持ち。女性に対する自信のなさ。

しかしそれらは些末だ。中心には彼の本質がはっきりとある。ダイヤモンドのように鋭く明瞭な知性、活発な精神、渦巻く疑問、答えへの渇望、そして……これまでにやったこと。ランガンとイリヤと三人で成し遂げたことが見えた。

理解して、息を呑んだ。

「常時なの？　恒久的に？　自分でそうしたの？」

もちろんだ。昨晩も。とてもとても危険だった。

昨晩？　危険？

「潜在的には可能なんだ」ケイドは口で説明した。「ネクサスのコアは恒久的に脳に統合されている。常時アクティブではないだけだ。いつも送信しているわけじゃない。きみがいまやったような初期マッピングの恍惚はもう経験しない」

サムは聞いて理解していった。ケイドの言葉に思考が添付されているように感じる。語義マッピング。感覚マッピング。感情マッピング。キャリブレーションと同化。巨大なネクサス接続を完成させるために必要なものだ。

彼らはそれをつくった。ケイドとランガンと数人が。ネクサス3を使い、そのコードの一部をクラックした。ネクサス・コアのプログラムを解読して、自由に働かせられるようにした。ロジックと機能のレイヤを追加して、脳内でソフトウェアを走らせるためのプラットホームに変えた。それをサムの精神に導入したのだ。

息が震えた。ケイドの誇らしさを感じる。その才能、偉業、大胆さに驚嘆した。彼をほしいと思った。自分のなかの都市のように、彼の精神を呑みこみたい。彼のすべてを一息に経験したい。彼が知っていることを知り、感じていることを感じたい。自分のなかで起きていることをはっきりと理解したい。

それから、恐怖を感じた。悪寒が背筋を這いのぼった。凶事の予感がした。

サムはそれを振りはらって、言葉を探した。

「ケイド……ケイド。パーティへ案内して。みんながいるところへ連れていって」

ケイドは笑った。

「まだはじめたばかりだ。百人とつながるまえに、一人と練習したほうがいい」

その思考には愉快さと慎重さが読み取れた。

「準備はできてるわ。もっと試したい。大丈夫」サムは答えた。すべてを試したいのだ。

ケイドは軽く笑った。

「わかった、そうしよう。パーティの時間だ」

立ち上がって微笑み、一歩退がる。

サムは深呼吸して体に力をいれ、上体を起こした。ここまではよし。ケイドの視線を感じた。見て、評価している。反応や平衡感覚や悪影響を頭でメモしている。

サムは顔を上げてその目を見て、手を差し出した。ケイドは、立つのを手伝おうとその手をとった。

ふれた手に電気が走り、霞が払われて明瞭にわかるようになった。ケイドが自分に魅了されている証拠を探した。みつけたい。しかしそれは科学的興味の下に埋もれていた。彼女を使った実験に集中し、冷静に観察している。サムはケイドをにらんだ。自分の欲望、渇望をしめした。まわりのすべてを同化する意欲がある。まず彼から。

ケイドは愉快に思いつつ、感心していた。その精神は巨大だ。サムが求める知識と経験が詰まっている。

サムは危なげなく立ち上がった。手はケイドとつないでいるが、補助のためではない。そばに立つと、ヒールの高いブーツのおかげで顔の高さはほぼおなじだ。

「見せて」サムは頼んだ。

ケイドはその意図を理解した。狼狽して顔が赤くなり、彼女の手を放した。視線もはずす。抑えきれない臆病さを隠すために笑い、また退がった。

「きみは特別だね。ネクサスとの相性がいい。でも考えるほど簡単じゃないんだ。内部マッピングはともかく、他の精神と深くつながるのはいまは無理だ。帯域不足だし、プロトコルも不充分だ」

真実だと彼の精神からわかった。隠している部分も見えた。他にもある。それは失望だ。慎重さが必要だ。

サムは思わず笑みを浮かべた。

「いいわ。パーティへ行きましょう」

ケイドは笑顔でふたたび手をとり、興奮を伝えた。

「サム、きっと気にいるはずだ」

そのはずだとわかった。

ケイドはサムを連れて関係者専用の休憩スペースから出て、格納庫の大空間に通じるシールドされた厚いドアへむかった。

「最初はすこしで、だんだんと多く経験させるよ」

ケイドはドアを開けた。

音楽に襲われた。エレクトロニックでトライバル、リズミックでトランスがはいったサイケデリック。フラックスと呼ばれるジャンルだ。踊れるくらいにノリがあり、休めるくらいに穏やかでもある。

音楽と同時に、べつの種類のささやきがサムの頭にはいってきた。たくさんの声だ。弱く、遠く、一度にしゃべっている。音だけではない。情報。意味。感情。興奮。めまい。不安。畏怖。焦燥。傷心。欲望。満足。なにもかも。サムからはやや遠い。自分のなかの経験とはちがう。他の精神に由来する。

ケイドは扉口のむこうへ案内した。

格納庫は姿を変えていた。全体が照明されている。光のスペクトルにそってゆっくりと色が変化している。二人がいるあたりは濃い青から藍、紫へ変わっている。格納庫の反対側は赤からオレンジへ。左のほうは黄色から緑へ移っている。

格納庫全体に人がいる。がらんとしていた広い空間が、いまは活気があるといえる人数だ。服装はサンフランシスコの夜のパーティらしい。短いスカートやタイトなパンツ。ベルベットやビニールやフェイクのレザー。タトゥーとピアス。かろうじて合法な範囲で生体造形したボディアート。動きにつれてうねり、揺れる。彼らを精神で感じた。ゲイ、ストレート、バイ。独身、カップル、三人組。もっと複雑な関係性もある。

若い科学者を追ってきたら、カウンターカルチャーの中心に足を踏みいれてしまった。そしてこのカウンターカルチャーはネクサスにどっぷりつかっている。

頭上も周囲もスマートファブリックが壁をおおっている。音楽にあわせて波打つ。液体めいた銀、赤、青が格納庫の内側を流れる。ランガンがかけているトライバルでエレメンタルな音楽が波紋をつくりだす。恍惚としてオーガニック。

サムはそれを見ながら、曲がアポトーシスというグループの〈ブッダ・フーガ〉であることがわかった。タイのパンガン島の暑い夏の夜のビーチで、メンバーのスヴェン・ウトラーがハシシで陶然となった耳に聞こえてきたタイの伝統的太鼓と波の音の一体となった響きにインスパイアされてつくったリズムだ……。

というエピソードが一瞬で浮かんだ。まるで最初から知っていたかのように。この曲を何十回も聴いたことがあり、それにまつわる話をスヴェンか、ランガンか、ケイドからあらかじめ聞かされていたように。

サムは息を呑んだ。曲はすばらしい。腰が勝手に動きそうだが、いまはそれどころではない。知識がむこうから頭に流れてくる。この技術は世界を一変させるだろう。データ考古学は変貌する。教育も。すべてが。

唖然とし、驚嘆のまなざしでケイドにむきなおった。ケイドは笑顔だ。彼にはサムの考えがわかるし、サムもケイドの考えがわかる。伝染する熱狂。彼女が興奮していることへの興奮。自分がつくりだしたものへの誇り。

まるで自慢のおもちゃを見せる子どものようだ——そうサムが思うと、ケイドは赤くなって顔をそむけ、笑いだした。

ケイドはサムの手をとって人ごみにはいっていった。通っていく脇に、奇妙な二人がいた。むかいあって、どちらも腕をぎこちなく動かしている。笑いをこらえたり、吹き出したりしている。

「あれはなにをしてるの?」サムはケイドに訊いた。

ケイドはにやりとして答えた。

「押し引き《プッシュ・プル》という遊びさ。ネクサス経由でおたがいの体を動かしているんだ。相手の運動中枢に刺激を送ってね。試行錯誤して、なかなか難しい」

サムはその二人をまじまじと見た。

「あなたとやってみていい?」

ケイドはまた笑った。

「あとでね」

格納庫のさらに奥へ行くと、ゆったりしたカウチが円形に並べられているところに出た。なにかおこなわれている。サムはケイドから読み取った。実験だ。彼女も参加できる。

「集団相互マッピングとでもいえるかな。複数の精神に対してキャリブレーションをやっている。参加したい?」

やりたい。ぜひやりたい。全員を吸収したい。

だめだと、自分のなかで小さな声が反対した。

しかし無視した。無言でケイドにうなずく。

カウチではすでに六人の男女が背中を大きく倒している。空きがまだ六人分ある。サムとケイドが近づくと、他の精神は遠ざかった。この六人をはっきりと感じる。ケイドも感じる。パーティの他の客は抑制され、精神的に沈黙した。

ケイドはサムの背後について、両手をその肩においた。カウチの一角に案内してすわらせ、自分も脇にしゃがんだ。

他の参加者も集まってすわりはじめた。十二人がカウチにすわり、数人の見学者がそばにいる。

「準備はいいかい？」ケイドは声を出してサムに言った。

サムはうなずいた。

なにかが起きた。他の十一人の精神が知覚のなかで大きくなる。はっきり焦点があたるところに出てきて、明るく輝きだした。みんな豊かだ。思考と記憶、感情と欲望が詰まっている。呼吸まで同期している。目を閉じると一人一人の思考の道すじが見える。感じられる。

十一の精神が、サムの精神の十一カ所に同時にふれる。ブライアンが友人たちと精神をつないで遊ぶときの強い歓喜。その遊びはときに無茶で、ときに思索的で、ときに常軌を逸している。サンドラの深い池のように静謐な境地。長年のヨガと、落ち着きをまわりにもたらす平穏な雰囲気。これは彼女にとって瞑想《サマディ》だ。イワンは物理学者で、周囲の精神とのダンスや調和や不調和のなかに、数学性や音楽性を見ている。リアンドラの精神に映っているのは、蛋白質の形状、たたまれ方、受容器、結合部位だ。それを十二人の男女が解読しようと精神をつないでいる。ジョゼフィンの目には涙がある。子ども時代の楽しかった思い出のために泣いている。愛する父親との花火。父親はもういない。まるで……まるで……。

サムも涙を流していた。自分でもなぜだかわからない。ケイドは心配そうにそのようすを見ている。しかし答えようがない。

参加者の糸はそれぞれ一本ではなく、何本もある。並行に伸びてからみあい、関係している。思考と記憶が揺れ動き、流れる。サンドラが小学生時代に他の少女たちと体をいじりあったこと。アントニオの量子プログラミングの知識。サムにとっては理解の限度を超えている。ジェシカが高度三千六百メートルからのスカイダイビングで感じる恍惚。跳び下りるときのアドレナリン、パラシュートが開いたときの静かさ、頭上の布の翼をあやって地上へ降りていく楽しさ。歌い、息をはずませ、高く舞い上がる気持ち。

サンドラが瞑想と静謐を愛する気持ちがわかった。体のなかにある自分という輝きを毎日感じている。それがサムのなかにはいってきて、スパーリングの記憶を呼び起こす。完璧な攻撃、ブロック、回避が決まったときの歓喜。きれいなフォームに感じる落ち着き。接近した打撃戦でのアドレナリン。ダウンを奪ったときの麻薬的な快感。そして、そして……。

ケイドについても感じた。この輪のなかでサムのそばにいる。その精神は……まず感じるのはネクサス・コアの美だ。その究極の設計にケイドは畏怖し、愕然としている。ケイドのなかには完全に抽象的な空間があり、彼はそこで最高の仕事をする。ランガンとともにつくりあげたプロトコルや、神経接続と思考のあいだの意味レイヤを隅々まで理解している。すばらしいものだ。あらゆる思考と、意識の存在をマップしている。疑問や恐怖を超え、他者への配慮をも超えたものとして精神の一部に存在している。ケイドの一部はとても美しく、それでいて遠く異質だ。それがいまだけはほとんどサムのものだ。

ケイドの目を通して見ていた。思考や感情や経験が、情報やパケットやトラフィックのパターンとして流れていく。冷たく乾いてはいない。交響曲のように、オーケストラのように豊かに響きあう。個別の楽器があわさって、豊かな構造を持つ全体ができる。たんなる部分の合計ではない。個人の精神の限界を超えるという、ケイドの野心が見えた。その考えをかたちづくったのがイリヤであることもわかった。実現可能と彼がにらんだ一筋の道も、その先にあるはずの、過去とはまったく異なる未来も見えた。

サムは泣いていた。泣くのはケイドの精神があまりにも明瞭で、ビジョンが純粋で、ある意味で壮大で、それでいて恐ろしいからだ。ジョゼフィンとは、子ども時代に両親と生き別れた喪失感を共有して泣いた。ケイドが両親を最近失ったことでも泣いた。サンドラにみつけられた苦痛と恐怖の記憶でも泣いた。真夜中で、サムは負傷していた。左腕はだらりと垂れて動かず、血の滴が目にはいった。生きて夜明けを迎えられるのかわからず、恐怖していた。最後の兵士を倒して突破できる確信がなかった。

混乱し、困惑した。記憶が脈絡なく蘇る。

サムが去年のクリスマスにサンアントニオで両親に会ったという記憶を、ジョゼフィンは経験している。同時に、ずっと昔に両親を亡くしたサムの悲嘆も彼女は知っている。それは事故ではなく、一瞬でもなく、きれいごとでもない恐怖の記憶だ。

リアンドラの蛋白質学の経験が、データ考古学者というサムのアイデンティティにふれた。サムの仕事は、企業の塩漬けになった知的財産から価値ある情報を掘り出すことだ。相手は第三世界の政府のデータベースではない……人間とトランスヒューマンの実験記録でもない……。

人々の集合的な懸念を感じた。とりわけケイドだ。彼女を探ろうと触手が集まってくる。サムをなだめ、補助しようとしている。接触のたびに記憶が惹起される。中間試験のために大学で微分方程式を一夜漬けで勉強したこと。初めてのトライアスロン。疲労も、快感も、なにもかも超越して、前へ前へとひたすら体を動かしたこと。イランのカスピ海沿岸、サーリーの北東付近で追いつめられたこと。あのときは恐怖にかられ、トルクメニスタンの岩の海岸をめざした。支援部隊は本当に来るのかと……。

精神は制御を失いかけている。

自転車が好き。泳ぐ。データ考古学の修士号を優等で取得した。両親をどちらも愛している。銃の記憶。幼い手のなかでずしりと重い。撃って倒した男は血の池に倒れ、もうすぐ失血死する。もたらした恐怖からすればふさわしい報いだ……。

このミッションにむけた訓練を思い出す。そこでもネクサスを服用した。ネクサス3であり、今回の経験にくらべれば穏やかだ。ブリーフィング。任命。身分を隠すためのマントラ……。

そこで気づいた。大失敗だ。自分が何者かを理解した。この経験で正体を暴露してしまったとわかった。ガラクタといっしょに精神の上層から噴き出させてしまった。つながった他の精神の困惑を感じた。それぞれ部分を見ている。警戒心が強まっている。急いで行動しなくては。

くそおおおおおー！

精神と喉から叫んだ。これだけは自発的に、自己の衝動のままに。もがいて精神を彼らから切り離す。乱暴にやったせいで自分のなかでもいろいろなものが切れたのがわかった。彼らの驚きと混乱が見える、わかる。

自分の名を思い出した。サマンサだ。サマンサ・カタラネス。隠した自我も思い出した。

軍用コンタクトが起動した。いや、最初から起動していた。危険性、勧告、脱出方向、補足情報のレイヤが表示される。

退避　退避　退避

視野に表示された。矢印が脱出方向をしめす。複数の出口候補が提示される。頭上二十メートルにある天井のハッチか、壁面の脆弱点か、はいるときに通った扉口か。最後の候補を選んだ。

サマンサ・カタラネスは立ち上がった。意思の力で薬物の酩酊から脱する。長年の訓練がまさった。周囲を見る。それぞれの名前が表示され、顔認識され、経歴がスクロールする。すべて緑か黄表示。重大な危険はない。

ブーツのくびれを指で探り、緊急アップロード・シーケンスを起動した。保留データが緊急時出力で即座に送信される。ここで見聞きしたすべてが管理者に送られる。

電話は一、二、三回と明滅して、連邦通信委員会《FCC》の規制を大きく超える出力でメッセージを送信した。内蔵燃料電池の四分の一を消費したほどだ。

精神空間にホワイトノイズが流れ、整合性が破壊された。頭をかかえてうずくまる者が一人、二人。サムも頭痛がした。音楽は止まった。

ドアのほうへむかう。周囲に声と精神がもどってきた。人々は驚きと苦痛による沈黙から回復しはじめている。なにが起きたのか正確に理解している者はほとんどいない。大きな障害が起きたとわかるだけだ。

不愉快だった。ひどいことをした。自分がこんなことをするなんて。

さっき経験した精神融合のイメージが脳裏に蘇って、吐き気がした。自分が脱出するために……そのために……なんてことをしたのだろう。

しかし反省はあとだ。ケイドが床に膝をついて吐いているのが見えた。同情と後悔が湧いたが、それもあとだ。

精神を固く閉ざして、出入り口へと歩きだした。人ごみが左右に分かれていく。

そのとき、こちらに接触してくる精神に気づいた。姿が行く手をさえぎる。ワトソン・コールだ。

ワッツは強く、冷静で、命令に従っている。反戦論者であっても、サムを通すつもりはないはずだ。


戦闘の危険。最大警戒を要する。


代替ルートが視野に表示される。矢印が脱出ルートをしめす。きびすを返して走れば、ワッツより先にその出口の一つに着けるだろう。

しかしいまのサムは、燃え尽き症候群の海兵隊員などに行く手をはばまれるのががまんならなかった。

精神をおおい隠し、左右に不規則によろめくふりをして進んだ。左手は腹のまえに、右手は顔のまえにかまえる。左へふらついたように見せて間合いに踏みこみ、立ち直りざまに裏拳を相手のこめかみへ飛ばした。

ワッツはひっかからなかった。巨体の黒人海兵隊員は動きを予測していた。手を挙げてブロックし、退がる。打撃をかわすために軽く体をひねっただけだ。

いいだろう。しかし敏捷さでは勝てる。サムの第四世代身体強化は、海兵隊の第三世代を上まわる。ＥＲＤは最新技術を留保しているのだ。

サムの次の二連攻撃はすでに間合いのうちから飛んでいた。みぞおちへの強い突きと、膝へのローキック。ワッツは退がりながら最初の打撃を払い、脚を上げてふくらはぎで蹴りを受けた。

なかなかやる。経験豊富で危険だ。海兵隊の第三世代ウィルスアップグレードでより強く、より速く、苦痛への耐性を常人より強めている。

対するサムは小柄で、リーチは短く、筋肉量は少ない。かわりに最高の教官から訓練され、より高度な身体強化を導入している。第四世代のポストヒューマン遺伝子技術のおかげで神経の反応は速く、筋肉はチタンの束のように強く、骨は有機カーボンファイバーで強化されている。

つまり、かつて自分が憎んだものになっていた。深淵をのぞくうちに自分がそうなった。悪を倒すために悪に染まった。

サムの優位である速さに対して、ワッツはたえず動くことで対処した。ステップを止めない。サムは一定の間合いでついていき、リーチの長い相手の優勢を無効化する。流れるような攻撃、回避、打撃が続く。他の者には追いきれない速さだ。

相手も調子が出てきたようだ。アドレナリンが出て、より危険になっている。背後から勇気や怒りがちらほら発露している。パーティの客たちがもうすぐこの戦いに加わってくるだろう。集団で取り押さえられてしまう。

早く決着をつけなくては。策がいる。肉を切らせて骨を断つ。間合いを一歩広げて、相手に余裕を持たせた。打撃を三つかわし、逆に股間、目もと、みぞおちにフェイントをかける。直後にわざとすきをつくった。腹のガードに穴があく。

ワッツはそのすきを見逃さず、強い打撃をいれてきた。部位は肋骨の下部。しかしサムの骨を折るのは不可能に近い。拳を受けながら体をひねって流す。あたったところに苦痛が起きる。体をねじりつつ、相手の手首をがっちりとつかんで引き寄せ、バランスを崩させる。さらに膝の裏に脚をかけ、反対の手を相手の肩にかけて、一気に引き倒す。

ワッツはそれらの動きが見えているが、もう遅い。術中にはまった。その体はまともに床に激突した。

サムはその頭に二回、三回と蹴りをいれた。

そこで止めた。殺すな。無力化するだけでいい。

呼吸が速く、脈拍が上がっている。かなりやられたが、さしあたって生命の危険はない。早く去るべきだ。動かなくなったワッツをまたいで出口へむかった。

そのとき、感じた。彼だ。ケイド。背後にいる。精神にはいってきた。その怒りと痛みを感じた。混乱。裏切られた思い。簡単にだまされた。そして……多くの客を危険にさらし、被害にあわせた。その自己嫌悪。

サムは彼を裏切ったことになぜか罪悪感を覚えた。彼がこれから支払う代償についても。

「やめろ」ケイドは言った。

なにかする気だ。彼女の精神に。それがわかった。考えが見える。ケイドは危険だ。

サムはきびすを返すと、大きく三歩でもどった。殺さない。無力化するだけ。強力な裏拳でケイドのこめかみを突こうとした。

やめろ。

精神で聞こえた。その意思がサムのなかのなにかを強く叩いた。

強い打撃がケイドの体にあたったとたん、すべてが暗転した。

4　危地

サムの意識はゆっくりと回復した。視野は暗い。目を閉じてうなだれている。じっとしていよう。意識のないふりをして状況を把握したい。複数の声がする。何人かが話している。

「で、こいつは麻薬取締局《ＤＥＡ》の捜査官なのか？」

訊いた声はＤＪの男、ランガン・シャンカリだ。

それに対してべつの声がゆっくりと答えた。

「ＤＥＡじゃない。国土安全保障省。そこの新型リスク対策局《ＥＲＤ》だ」

この低い声はワトソン・コールだ。

「ＥＲＤなの？　最低」イリヤ・アレクサンダーが吐き捨てた。

ランガンがまた言う。

「とにかくＥＲＤからやってきたこのサマラは、単独なのか？」

「サマラじゃない」今度はケイドだ。「サマンサだ。本名はサマンサ・カタラネス。なにかの方法で隠していた。記憶を隠蔽していたんだ。集団瞑想でおかしくなって化けの皮が剝がれた」

本名もばれている。

「目が覚めたようよ」イリヤが言った。

サムの筋肉が反乱を起こした。意思に反して顔が上がり、目が開く。だれかが頭に侵入して体を制御している。気づいて驚き、恐怖が背筋を這い上がった。この連中は危険だ。

雑然とした物置らしい部屋にいる。背もたれの立った椅子にすわらされている。両腕は背後で縛られているか、結束バンドで固定されている。両足首も椅子の脚に縛られている。とはいえ拘束する必要があるのか疑問だ。ネクサスにどっぷりつかった脳は周囲に全開放されている。左脇の痛みはワッツの打撃を受けたところだろう。内出血しているはずだ。

イリヤの宣言を聞いて全員の視線が集まった。ランガンは左から見下ろしている。派手なスーフィーのローブのまま腕組みをし、怒りに満ちた目でにらんでいる。精神に侵入しているのはこの男だ。イリヤも両脇で拳を握っている。ワッツは右に立っている。サムのブーツで蹴られた顔の半分が醜く腫れている。まなざしは冷たくけわしい。

彼らの背後でぐったりと椅子にすわり、氷嚢《ひょうのう》で頭を冷やしているのが、ケイドだ。うつむいて足もとを見ている。

ランガンがまた言った。

「なにか言ったらどうだ」

その言葉と同時に苦痛を感じた。しゃべらなくてはいけない気がする。精神のどこかをねじり上げられている。まわりの四人の精神にははいれない。硬い殻のようなもので遮断されている。サムの精神には触手が侵入してくるが、逆はできない。パーティでの共感状態が懐かしい。そしてその懐かしさに吐き気を感じる。

サムは咳払いをして、唇を湿らせた。血の味がする。

「ランガン・シャンカリ、イリヤ・アレクサンダー、ワトソン・コール、ケイデン・レイン。あなたたちを全員逮捕する」

ワッツがゆっくりと首を振った。大胆さを称賛するように唇の端をわずかにゆがめている。ランガンは喉で小さな音を鳴らした。イリヤは黙って見ている。

サムは続けた。

「逮捕理由は、ERDが定めるアルファ級禁止技術と、DEAのI表に記載された規制薬物の不正取引。強制支配技術の開発と使用は非人間知能の無許可作成にあたり、チャンドラー法に違反する。さらに誘拐、公務執行妨害もある」

ランガンは青ざめた。

ワッツは冷静で愉快そうな口調で言った。

「ミランダ警告はないのか？　黙秘権とか、弁護士の立ち会いとか」

サムはワッツの目を見た。

「適用外よ。あなたたちの研究は人類への脅威にあたる。その場合に認められる権利はない。ただちに降伏したほうがいい。投降すれば寛大な処置もありうる。こちらの支援部隊が突入してきたら安全は保証できないわよ。彼らは武器使用をためらわない」

ワッツの目が細くなり、仲間のほうにむいた。

「言ったとおりだろう？」

ランガンが無視して、サムに言った。

「あんたの電波はこの建物から出てないぜ。騎兵隊は来ない。ここからは出られない」

サムは首を振ろうとしたが、ランガンにがっちりと支配されて動かせない。しかたなく、自信たっぷりの声で堂々と言った。

「よく考えなさい。わたしがケイドといっしょにこの建物にはいったことをERDは知っている。あなたたちが来たことも把握している。過去一週間のこの建物の出入りは調べ上げている。もうすぐわたしの支援チームがドアをノックするわよ。わたしが姿を消したら草の根を分けても探す。いまならまだ手荒なまねはしない。でも時間は有限よ」

つねに堂々としろとは、ナカムラから教えられたことだ。たとえ身体能力が劣勢でも、心理的に優位に立つことは可能だと。

イリヤがランガンにむきなおった。

「こいつの記憶はどうするの？」

ランガンはしばらく考えて、ゆっくりと首を振り、振りかえった。

「どうなんだ、ケイド？」

ケイドは答えない。視線は床に固定している。

「ケイド」イリヤが声を荒らげた。「しっかりして。こいつの頭から今夜の記憶を消せる？　抹消できる？」

ケイドはようやく顔を上げてサムを見た。視線があう。彼の精神をもう一度感じたいとサムはまた思った。そしてそんな自分が不愉快になった。

「簡単じゃない。きれいさっぱりとはいかない。その過程で障害が残るかもしれない」

話が不愉快な方向に進んでいる。背筋を悪寒が這い上がった。サムはケイドから視線をはずして、イリヤをにらんだ。

「同意なき精神操作はレイプにひとしいと、あなたは去年の論文に書いたはずね。最悪の人権侵害だと」

ランガンがあきれたように目をまわした。

「おやおや、意外に頭のいい女だ」

イリヤはサムを見た。見下す態度でにらむ。

「殺さず記憶だけ消そうと言ってるのよ。感謝しなさい」ロシア訛りが強くなる。

「ここで殺しはなしだ」ワッツがはっきりと言った。

　ケイドがふたたび言った。

「どっちでも関係ない。彼女がここにいることはバレてるし、僕らがここにいることもバレてる。もう詰んでる」

「じゃあどうするの、ケイド？」イリヤが訊いた。

　ワッツが割りこんで、ゆっくり強い口調で言った。

「予定どおりに脱出すべきだ。この女の記憶はどうでもいい。俺たちは準備したとおりにやるだけだ。安全な場所へ移動する」

　イリヤは神経質に笑った。

「本気？」

「本気さ。ケイドの言うとおり、この女は単独じゃない。送りこまれてる。秘密は露見している。つまりここにいる全員が危険だ。一刻の猶予もない。急げばまだ網から逃れられる可能性がある。ぐずぐずしてるとそれだけ不利になる」

　サムは声をあげた。

「聞いて。すこし落ち着きなさい。脱出は無理よ。この場所は完全に監視されている。わたしの居場所は常時把握されている。ＥＲＤの見えない監視装置がすべての出口を見張っているわ。悪あがきは無駄。降伏しなさい。そのほうが寛大な扱いを受けられる。逃亡や記憶の操作を試みたら、罪が重くなる」

「嘘をついてる」ランガンが言った。

「嘘じゃないわ」

「すくなくともなにか隠してる。なんだ?」

サムは深呼吸した。

思考にランガンから圧力がかかった。精神がねじられる。

頭になにかされている……。

サムの口が勝手にしゃべりはじめた。

「ケイドよ」サムは話しながら、当人を見た。「わたしの上司は、あなたにある仕事をやらせたいと考えている。ここでのわたしのミッションは二つ。あなたがやっている研究の実態をつかむこと。そしてERDの来たるべきミッションにあなたを引きこむために、交渉材料を得ること」

ケイドが驚いた顔になった。

「僕になにをやらせたいんだ?」

またランガンから圧力を感じた。抵抗しようとしたが、言葉が勝手に出た。

「ある人物に接近してほしい。その人物はマインドコントロール技術を構築しようとしている。おそらくネクサスを基盤として」

「やらない」ケイドは答えた。

イリヤが口をはさんだ。

「待って、ケイド。考えてみて。相手があなたになにかをやらせたがっているなら、そのこと自体がこっちの交渉材料になるわ。起訴されないように交渉できる」

「他のみんなもか？　パーティの客全員を起訴猶予にできるか？」

ケイドの問いに、サムは答えた。

「わたしたちは警察じゃない。ＥＲＤよ。技術がほしいだけ。あなたが協力するなら、集まったモルモットたちはたぶん厄介なことにならずにすむ。協力を断るなら……あなたもほかの全員もひどいめにあう覚悟をしなさい」

「客は見逃してほしい。ここにいるランガンとイリヤとワッツも。逮捕も拘留もなし。保護観察とかもなしで」

サムは首を振ろうとしたが、動かせなかった。

「わたしは条件交渉をできる立場にない。とにかく降伏して、ついてきて。四人だけで。客に状況を知らせる必要はない。交渉はそれからよ」

ワッツがランガンに言った。

「こいつの感覚を遮断できるか？　会話を聞けず、唇も読めないように」

ランガンはうなずいた。サムは抗議しようとしたが、すでに声を出せなかった。視野もおかしい。トンネルのように狭窄し、色を失い、ついに真っ暗になった。黒が見えるのではない。なにも見えない。音も消えた。目と耳の機能を失った。

湧き上がるパニックを必死でこらえた。精神と肉体の制御を失うのはこのうえない悪夢だ。意識して呼吸した。体は感じられる。胸が上下しているのはわかる。両手は背後で縛られ、両足は椅子に縛られている。いまのサムにはこの体しかない。

ワッツはゆっくりと息を吐いた。どう話せばこの年下の仲間を説得できるだろうか。

「いいか、この女は目的のためならどんなでまかせでも言う。はじめから嘘をついてたから、これからも嘘をつく。ＥＲＤにつかまったら、あとは相手の言いなりだぞ。弁護士は呼べない。命令に従うだけで、そこから二度と抜け出せない。わかってるのか？」

仲間を見まわした。イリヤは視線をあわせている。ランガンは青ざめつつもうなずいている。ケイドはあいかわらず床を見ている。それぞれの感情もわかった。ランガンは怒りと恐怖。イリヤは挑戦的。ケイドは罪悪感と自信喪失。この状況を招いた自分を責めている。

「ケイド、顔を上げてしゃんとしろ。こうなった事情は関係ない。これからどうするかだ」ワッツが言うと、ケイドはうなずいた。感情をすこしだけ抑えられた。「よく聞け。俺たちにはしっかりした脱出計画がある。ここにいたら確実につかまる。いま逃げれば見込みはある。深くて暗い穴ぐらか、脱出のチャンスか。理性的な選択をするんだ」

また見まわした。ランガンの腹は決まっている。イリヤとケイドの感情はよくわからない。

「じゃあ、それでいいな。ランガン、この女を昏倒させて、数時間は目覚めないようにしてくれ」

「僕は行かないぞ」ケイドが言った。

ワッツはしばらく沈黙した。

「ケイド、ここにいたら終わりなんだ。二度と自由になれない」

ケイドはうなずいた。

「わかってる。でも……僕らが逃げたら、他の客たちはどうなる？　アントニオ、ジェシカ、アンディ……。みんなボランティアとして薬を呑んで、リピーターに接続してくれた。彼らにも逃げろと言うのか？　しかし偽造パスポートは手にはいらない。逃げるあてもない。袋のネズミだ。あんただってタニアをどうするんだ、ワッツ？」

ワッツは頭に血が上った。

「ここにいたらおまえもやられるんだぞ」

ケイドは首を振った。

「イリヤが正しい。僕にやらせたいことがあるなら、それが交渉材料になる。強みだ。客たちを解放してやれる」

「もっと大きな目標があるはずだ」

今度はケイドが怒りをにじませた。

「それは責任逃れだよ、ワッツ。この状況は僕らがつくったんだ。僕らの責任だ」

そう言って首を振った。

ワッツはまたゆっくりと息を吐いた。この若者たちに通じるように話さなくては。

「ケイド……おまえはなにがなんでも脱出しなくてはいけない。三人ともだ。おまえたちの仕事には力がある。潜在的な力がある。多くの人命を救える。多くの戦争を終わらせられる。個人の問題ではない。このパーティより重要だ。おまえたちはとても重要なんだ」

「会場の百人の客より僕らが重要ってことはありえない」ケイドは鋭く答えた。

「おまえの仕事が、だ」

イリヤが口をはさんだ。

「ワッツ、目的で手段を正当化できないわ。お客に罪はない。わたしたちにも罪はない。だから戦わなくてはいけない。この話をメディアに持ちこんで公表すれば……」

ワッツは首を振った。ナイーブすぎる。

「イリヤ、逮捕されたらそれはできない。わかるだろう。今夜をさかいに俺たちはこの国でどんな権利も行使できなくなるんだ。メディアとは接触させてもらえない。たとえできてもだれも信じない」

　イリヤは引かなかった。

「やってみなくちゃわからないでしょう。立ち上がるべきよ。正義のために戦う」

決意と反抗心がみなぎった態度。

これは無理筋だとワッツはあきらめた。世間の現実をいくら口で説いても、じかに経験しないかぎり理解しないだろう。

しかたなく、ケイドにむきなおった。

「だったら、俺にコードを預けろ。設計も、青写真も、レシピもすべて。おまえが消えたら、俺が世間に出す」

　ケイドは首を振った。

「まだ準備不足だ」

「ケイド、おまえが投獄されたら研究は世に出なくなる。いまが世界を変える唯一のチャンスなんだ」

　ケイドは首を振りつづけている。

「現状では悪用される。いま僕らが彼女にやっているとおりさ」椅子に縛られ、目と耳の機能を奪われているＥＲＤの捜査官をしめした。「いま世に出したら多くの人に有害な結果をもたらす」

　ワッツは息を落ち着かせ、頭を冷やした。

「だったら、信頼できるだれかにあずけて開発させ、完成させる。ここで投げ出したらもともこもない」

　ランガンが割りこんだ。

「俺は逃げるぜ」

　ケイドは顔を上げて見た。驚きはない。ただうなずいた。

「わかった。交渉材料になってるのは僕だ。みんなは逃げろ。きみもだ、イリヤ」

「いいえ、ついていくわ。正義のために戦う」

　ワッツは多少なりと安堵した。ランガンはすべてのコードと設計図を持っている。彼がいっしょに脱出すれば損失は一部にとどまる。

　ワッツは友人たちを見まわした。海兵隊退役後に出会った仲間だ。もう二度と会えないかもしれない。彼らの姿を目に焼き付けようとした。ケイドとは力強く抱擁した。ケイドがうめくので力を抜いたほどだ。それからイリヤのほうへ行き、持ち上げてぐるりと一回転してやった。イリヤは深刻な状況には不似合いな歓声をあげた。その目には涙があった。

　ランガンも二人に別れを告げた。

　ドアの手前でワッツは振りかえり、もう一度イリヤとケイドを見た。

「おまえたちを忘れない」約束した。「幸運を」

そしてランガンとともに去った。

二〇四〇年二月十八日土曜　二一：〇八
国土安全保障省、西海岸戦術状況センター

国土安全保障省新型《E》リスク《R》対策局《D》の特別捜査官ギャレット・ニコルズは、約五百五十キロ南から事態の推移を興味深く見守っていた。ロサンジェルス郊外にある国土安全保障省西海岸戦術状況センターの指揮統制室には、五人が詰めていた。麻薬《D》取締《E》局《A》の連絡官と、国土安全保障省対テロ部の連絡官が、ニコルズの背後に黙ってすわっている。今回は共同作戦だ。しかしことの性質上、ERDが作戦指揮をあずかっている。

ニコルズのまえのコンソールには分析官が二人すわっている。壁は全員に見える六面の大型スクリーンで埋まっている。

画面1には、高度三百メートルで静かに円飛行している沿岸警備隊のHQ‐37スカイアイから見たシモニー飛行場の赤外画像が映っている。中心は第三格納庫だ。巨大な建物の両端に照明がともっている。隣接する駐車場を赤外線で見ると、車のエンジンはまだ温かい。

画面2には、パーティに来場した客の識別情報が流れている。出入りする全車両はひそかにナンバーを照会され、降りてきたすべての客は光学的に顔認識されている。その個人情報が表示される。ほとんどの客は目標アルファからデルタまでに分類される。

画面3には、こちらの二つの地上部隊と各分隊のステータスが表示されている。

画面4は、支援のために待機しているカリフォルニア《C》州ハイウェイ《H》パトロール《P》とマウンテンビュー警察の部隊のステータスと位置情報だ。

画面5は、ブラックバードという暗号名の捜査官からのデータが流れるはずだが、いまはなにも映っていない。電磁波シールドの外へ出て、身につけた監視機器からデータがアップロードされれば、空白の時間に見聞きした情報がわかるはずだ。

現場の捜査官と連絡がとれないのは苛々するものだ。今夜のニコルズもそうだった。

視覚と聴覚がゆっくりとサムの現実にもどってきた。まず自分の呼吸が聞こえた。次にかすかに光が見えた。そして形。壁だ。まばたきすると世界がよりはっきりした。まだあの部屋にいる。ケイドもいる。うなだれて椅子にすわっている。ワッツ、ランガン、イリヤの姿はない。

足の指を動かそうと試みた。動かない。手の指はどうか。動かない。まだ麻痺している。

ニコルズと部下たちは格納庫に目を凝らしていた。ブラックバードが出てくるのを待っている。ネクサス・パーティがお開きになるのはまだ何時間も先だろう。

監視画面にはパーティに出入りする者がちらほらと映る。東口から出て煙草を吸っているグループ。人目を避けるカップルが三組。遅れて来場し、建物にはいっていったのが十数人。そのあいだに出ていった者が七人。それらの全員が顔認識されている。重要目標の者はふくまれていなかった。

パーカーのフードをかぶった若者が一人出てきた。空撮カメラからは顔が見えない。赤外線では体がほてっている。隣接するゴルフコースのほうへ歩きはじめると、指揮統制室に緊張が走った。しかし若者は草むらで立ち小便をして、パーティへもどった。

深夜すぎにべつのカップルが出てきて、おなじ方向へ歩きはじめた。一人は顔認識され、サンフランシスコ在住の武道インストラクター、タニア・ウェリントンと特定された。もう一人の顔はスウェットシャツのフードで隠れている。大柄で背が高く、肩幅がある。コールだろうか？　二人はゴルフコースをゆっくり横断していく。道路やサニーベール市街とは逆方向だ。とうとうサンフランシスコ湾の岸まで来た。赤外線で見ると二人の体はもつれあい、顔は接している。服も脱ぎはじめた。

東口から三人が出てきた。煙草を吸うグループを通りすぎて車のほうへ行く。二人は顔認識できた。三人目は顔がフードの陰になっている。しかし車のドアが開くときに室内灯がついて、一瞬だけ顔が照らされた。

ランガン・シャンカリだ。

「CHPに追わせろ。追跡だけだ。シャンカリがどこへ行くのか知りたい」

「了解」ジェーン・キムが答えた。


「僕らを追う理由はなに？」

ケイドが訊いた。部屋のむこうの椅子に斜めにすわって、頭を氷嚢で冷やしている。

サムは深呼吸して答えた。

「あなたが違法行為をしているから。わたしの仕事は法を遵守させることよ」

ケイドは首を振った。

「答えになってない。なぜきみはその仕事を選んだんだい？」

「あなたの行為が危険だからよ。それが問題。火遊びをしてる」

「これは兵器じゃない。新しいコミュニケーション手段だ。人と人をつなぐ。見ただろう。感じただろう」

たしかに感じた。すばらしいものだった。しかしそのあと恐怖を思い知らされた。自分が自分でなくなることを知った。サムは話をそらせた。

「人を苦しめることに使えるわ。あなたがやらなくても、他の使用者はやる」

「ちがう。これは人と人の隔絶を埋めるものだ。ばらばらでいるよりも賢くなれる。集合知性、集合感情を実現できる。イリヤは……」

サムは割りこんだ。

「イリヤが研究しているのは、人ならざるものをつくりだすことね。非人類知性」

「あくまで人間の集団だよ。人間のネットワークだ」ケイドは反論した。

「集合精神《ハイブマインド》よ。スタートレックに出てくるボーグ。超生命体」サムは吐き捨てるように言った。「それがわたしたち人類を嫌ったら？」

「嫌うわけがない。人類そのものなんだから」ケイドも議論に熱がこもった。

「ハイブマインドに加わりたくない者はどうなるの？　拒否権なし？　同化されるの？　加わらずに生きていける？　普通の人間の居場所はあるの？」

ケイドは苛立って息を吐いた。

「そういうのは被害妄想だよ。いい影響もある」

「たんなる妄想ではないわよ、ケイド。実際にいまわたしはあなたに支配されている。好きなようにあやつられている。ランガンからもやられた。これは強制支配よ、ケイド。強制支配技術を構築しているのよ。人間をコントロールする手段。これが兵器ではないというつもり？」

ケイドは首を振った。

「いまこうしてるのは用心のためにすぎない。まだ実験中なんだから」

「用心のためですって？　他人の頭にバックドアをしこんでおいて、よく言うわね。パーティの客たちをこんなふうに麻痺させることもできるの？　思考を読めるの？」

ケイドは黙り、両手をじっと見た。サムは続けた。

「できるはずね。そのことを客は承知してるのかしら。実験への参加は、頭の鍵をあなたとランガンに渡すことだと告知した？」

ケイドは首を振った。目はあわせない。

「たんなる用心だよ。この仕様でリリースするつもりはない」

「ナイーブすぎるわ、ケイド。あなたはいい人よ。感じてわかる。でもこの技術を入手する他の人たちはどうかしら。リバースエンジニアリングしないと断言できる？　悪用して奴隷をつくるかもしれない。決死隊や、性奴隷や、信者をつくることもできる」

不愉快な記憶がサムのなかで蘇った。牧場。カルト宗教。両親は家畜以下の扱いを受けた。その思いをケイドに届けたかった。しかしできない。ケイドは侵入不可になっていた。精神は切り離されている。

ケイドは怒っていた。

「それはおかしい。銃も人を傷つける。言葉で扇動してもひどいことをやらせられる。書物もおなじくらいに危険だ。この技術は必要なんだ。アインシュタインはこう言った。

〝現在われわれが直面する問題は、それをつくりだしたのと同水準の思考では解決できない〟と。この技術は新しい水準の思考に僕らを導くんだ」

「だとしても急ぎすぎよ、ケイド」

サムは古い記憶の痛みと絶望を感じ、それに耐えた。ケイドの精神に接触してそれを見せたいと思う一方で、そう思う自分を嫌悪した。それは弱さであり、不適切な行為だ。こんなドラッグがなければ。こんなミッションがなければ。

「人類のあり方すべてを変えようという話なのよ。何十万年も続いてきたものを、一足飛びに変えようとしている。なにが起きるかわからない。どんな悪用法が出てくるかわからない。人類が滅びるかもしれない。人が人でなくなるようなことは慎重にやらないと」

ケイドは彼女をにらんだ。

「えらそうに言うけど、きみ自身がすでに普通の人間じゃないだろう」

ニコルズは海岸へ行ったカップルに注意をもどした。赤外画像の赤い人影は、かがんでもぞもぞと動いている。なにをしているのか。

思いあたった。靴を脱いでいるのだ。次はズボン。海岸の密会か。二人は熱烈にキスしはじめたらしい。画面はぼやけた赤い線で、頭と手足がかろうじてわかるだけだ。

ニコルズは目をそらそうとした。しかしそのとき予想外のことが起きた。カップルは海へむかい、手をつないでサンフランシスコ湾へ走りだしたのだ。水をはねる。たちまち腰まで海にはいった。下半身は赤外画像から消える。さらに頭から水に潜り、波の下に完全に姿を消した。

「泳ぐにはいまの季節はさすがに冷たくないか？」ニコルズは声に出した。

「ですね。水温十度くらいでしょう」ブルース・ウィリアムズが答えた。

画面では、岸から六メートルほど先で一人分の頭と肩が水面に赤い点としてあらわれた。ニコルズは息を詰めて、待った……さらに待った……しかし出てこない。もう一人が浮上しない。

「やられた！　第二機動班を出せ！」ニコルズは怒鳴った。「小型ドローンを緊急発進。海面を照らせ。もう一人を探すんだ！」

キムとウィリアムズはあわててキーを叩きはじめた。画面では第二機動班がヘッドライトを点灯し、タイヤをきしませて急発進した。道路からはずれ、ゴルフコースの整備された芝を切り裂きながら現場へ急行する。上空のスカイアイから細く絞ったスポットライトが照射される。海面の裸の人影がこちらにむき、いったん水に顔をつけて岸へ泳ぎはじめた。

「シャンカリが乗った車を停めろ！」ニコルズは大声で指示した。

「はい、捜査官」ジェーン・キムが答えた。

緊迫したまま一分、二分と時間が流れた。第二機動班は現場に到着し、タニア・ウェリントンを拘束した。いっしょにいたのはコールだと彼女は認めた。行き先は知らないようだ。

コールは行方をくらました。呼吸装置を装備しているか、闇市場で入手する血中超過酸素薬を使っていたら、何時間でも潜れる。どこに浮上するかわからない。よほど運がよくないかぎり拘束は難しいだろう。

ハイウェイパトロールのほうはまだましだった。画面ではランガンが乗った車の背後にパトカーがついている。しばらくして容疑者確保の報告が上がった。

サムはひと呼吸おいてから答えた。

「わたしは人間よ、ケイド。いくらか導入した技術はあるけど、この仕事をこなすため、市民の安全を守るために必要なものと割りきっているわ」

「そのわりに、そばにいて安全とは感じないけどね」

「わたしたちが裏でどれだけ仕事をしているか知らないからよ」

「今夜きみがどんな仕事をしたかは知ってるよ」

「世間には怪物がいるのよ、ケイド。それを倒さなくてはいけない」

「僕は怪物じゃない」

「あなたはちがう。でも世間にはいるのよ。この技術を悪用するであろう人々が」

「いい使い方をする人々もいる。安全装置は組みこむつもりだ。当初からの予定だ。僕らだってこれをマインドコントロールに使われたくないからね」

「リバースエンジニアリングする連中が出てくる。そして安全装置を除去するか、それがないクローン版をつくる。そういうものよ。おもてに出た技術は止められない」

ケイドは苛立ったようすで両手を挙げた。

「電話も飛行機もインターネットも使い方は人それぞれだ。どれも悪用しようと思えばできるけど、利益が上まわっている。それらもなくしたほうがいいというのかい？」

「電話やネットは人間を変えないわ。人は人のまま」

「人間かどうかを決めるのはきみかい？　傲慢だな」

サムは冷静でいようとしたが、難しかった。

「傲慢？　数十億人に影響する危険行為をやっているのはあなたよ。人間らしい人間を時代遅れにしようとしている。全世界を危険にさらしていることがわかってるの？」

ケイドは苦々しげに首を振った。

「考え方が古いよ。僕はだれの選択肢も奪っていない。むしろ選択肢をあたえている。自分で新たな決定をできるようにしてる。人々の自由を奪ってるのはきみさ。誤った科学に人々を閉じこめたり、新しい挑戦をこばんだりしている」非難がましくサムを指さす。

「モンスターがいるとしたら、それはきみだ」

ハイウェイパトロールの警察官はランガンをパトカーの後部座席に乗せていた。ブルース・ウィリアムズがニコルズのマイクをハイウェイパトロールの無線につないだ。ニコルズはヘッドセットをつけて問いかけた。

「ランガン・シャンカリか？」

返事はない。画面のランガンはパトカーの床を見ている。聞こえているそぶりはない。

「ミスター・シャンカリ、きみの身柄はERDが拘束した。わたしはニコルズ特別捜査官だ」

やはり返事はない。

「ミスター・シャンカリ、サマラ・チャベスは第三格納庫にいるのか？ 彼女はどうしている？」

「弁護士との面会を希望する」ランガンは顔を上げずに言った。

「ミスター・シャンカリ、きみは新型技術脅威法違反の重大な嫌疑をかけられている。この場合に弁護士との面会権はない」

沈黙。

ニコルズは続けた。

「こちらが懸念しているのはサマラ・チャベスの安全だ。彼女はまだ建物のなかにいるのか？　状況は？」

ランガンは答えない。

「ミスター・シャンカリ、こちらは突入隊を準備している。いつでもドアを破ってなかにはいり、あらゆる手段で捜査官を救出するつもりだ。建物内には百人以上の民間人がいるだろう。多くはきみの友人のはずだ。こちらが実力行使に出ればその安全は保証できない。わかるか？」

「くそくらえ」

ニコルズは苛立った。

「ランガン、意地を張ることがなにかの役に立つと思っているなら、無駄だ。仲間のために口を閉ざしても意味はない。ワトソン・コールは拘束した」ニコルズは嘘をついた。「この他にわれわれが求めるのは、サマラ・チャベスの安否確認。そして彼女の解放にむけて建物内の人々と話す手段だ」

ランガンは答えないが、座席で居心地悪そうにした。

「きみが答えないなら、突入しか手はない。負傷者が出るだろう。死者も出るかもしれない。わかるか？」

ランガンはまた身動きした。

「弁護士との面会を求める」

「無理だ。きみが協力するか、われわれが銃をかまえてドアを蹴破るか、どちらかだ」

ランガンは見るからに迷い、それから言った。

「彼女は二時間後に解放する予定だ」

ニコルズは背もたれに背中を倒した。すくなくとも生きている。そして拘束されている。

「二時間後ではなく、いま決着させよう。きみは建物にもどりたまえ。そして仲間にこう話すんだ……」

十五分後、格納庫の裏口につけた黒いSUVからランガンが降りた。

「――モンスターがいるとしたら、それはきみだ」

そのとき、物置の部屋のドアハンドルがまわった。ケイドとサムはそちらを見て、驚いた。はいってきたのはまず渋面のイリヤ。続いてランガンだ。灰色のパーカーとジーンズ。青ざめて不機嫌な顔。自分のまえの床を見つめている。パーティの騒音が背後から漏れてくる。

「俺はつかまった」

ランガンは宣言した。声が震えている。苦々しさが伝わってきた。言葉から灰のような味がする。

「帰されたのはメッセージを伝えるためだ。ここは包囲されてる。ワッツもつかまった」

「そうか」ケイドは衝撃を感じた。

「むこうの要求はこうだ。三人とも出てくること。彼女もいっしょに」ランガンは、椅子に縛られたままのサムを顔でしめした。「パーティは中止し、なにか理由をつけて客全員を帰らせる。俺たちは降伏する。俺たちだけだ。客への説明でＥＲＤの名は出さない。三十分以内に出ないと発砲しながら突入するそうだ」

「客はどうなるんだ？」ケイドは尋ねた。

「俺たちが降伏すれば、客は全員無事に帰れる」

「むしろ騒ぎを起こしたほうがいいわ」イリヤが言った。「百人逮捕させるのよ。それをメディアに見せる。彼らの蛮行を公衆の面前にさらす。それが戦いよ」

「世間は当局の味方さ」ランガンが言った。「俺たちにはだれも同情しない。ただのヤク中だと思われてる」

ケイドははっきりと表明した。

「僕らのせいで客が逮捕されるのは避けたい。そもそものために逃げなかったんだ」

「理由の一つよ」とイリヤ。「もう一つは正義を守るため。わたしたちはまちがってない。悪者はＥＲＤよ。世間にそれを知らせる」

ケイドは首を振った。

「だめだ。逮捕されるのは僕らだけでいい」

「賛成」ランガンが小声で言った。

イリヤがうなだれた。納得できないらしい。精神から怒りが伝わってくる。挑戦的だ。

「わかった。パーティを止めてくる」

イリヤはドアを開けて出ていった。

ランガンがケイドを見る。

「いいのか?」

ケイドは無言でうなずいた。

数分がすぎた。みんな無言で待っている。なにを手間どっているのか。

ドアのむこうでかかっている曲がふいにフェードアウトした。そしてイリヤのマイクごしの声が響きはじめた。ノイズの問題がある……パーティはお開き……帰宅してほしい……どうか安全運転で……。

まもなくイリヤがもどってきた。目を潤ませている。泣いていたのか。ケイドは慰めたかったが、その精神はこわばって怒っていた。

「お客の退出はアントニオにまかせたわ。多少時間がかかる。わたしたちはもう出てかまわない」

「横の扉口から出て、ゴルフコースの駐車場方面へ歩けという指示だ」ランガンが言った。

イリヤはサムの脚を縛ったロープを解き、二の腕に手をかけて立たせた。

立ったサムは左半身に鋭い痛みが走ったが、こらえた。四人は物置から廊下に出て、格納庫エリアとは反対方向へ歩きはじめた。まもなく格納庫の横の扉をランガンが開けて、冷えきった夜気のなかに出た。

サムの軍用コンタクトはすぐにDEAのSWAT部隊の位置を表示した。このミッションの支援チームだ。二百メートルむこうに車両が二台。それぞれ捜査官が乗っている。他に四人がとりかこむように配置され、逃走を防いでいる。全員が射撃準備を整え、殺傷弾と麻酔弾を半々に装塡している。緑の握手アイコンが表示されているのは、味方の戦術システムがサムのシステムを認証したという意味だ。

サムは右のランガンを見て、まばたきして射撃目標アイコンをつけた。さらに左のケイドを見て、まばたきでおなじアイコンをつけた。

ランガンが振りかえろうとした。かすかに眉をひそめている。精神に緊張が感じられた。そのとき、二人の捜査官が撃った麻酔弾がランガンとケイドの首に着弾した。二人はまるでコメディ俳優のような動作で倒れた。ふいに首を蜂に刺されたようにかきむしり、驚きと苦しげな声を漏らして、目の光を失い、ふらついて膝から崩れ落ちた。

「卑怯者！」

イリヤが背後からサムに組みつき、喉を腕で締めつけようとした。サムは半回転して、銃口のほうにイリヤをむけた。消音された麻酔弾の着弾が聞こえ、まもなく喉を締めつけた腕がゆるんで、イリヤは力なく路面に倒れた。

ワトソン・コールはダンバートン橋の下で浮上した。メンローパーク側のたもとでゆっくりと浅瀬に滑りこみ、顔だけを水面に出す。ここは橋桁の陰で、赤外線にせよ光学にせよ上空のカメラからは死角になる。潜水したまま十キロメートル近く泳いできた。条件がよくても体力はかなり消耗する。血液をふたたび超過酸素状態にするまですこし時間をおいた。しばらく休憩してから、酸素を血中に取り込むための過呼吸をはじめた。眠れる場所はまだ遠い。

5 弱み

ランガンはゆっくりと目覚めた。頭痛、筋肉の張り、胃の不快感。ひどい二日酔いか。昨夜はなにをしたんだっけ。いま何時だ？　無理やり目を開けた。

自分の部屋ではない。

記憶が蘇った。やられた……。

ランガンは跳ね起きた。壁ぞいの硬い鉄製のベンチに敷いた薄いマットレスの上。白一色の壁にかこまれた部屋。くそ、くそ、くそ。下を見ると、自分の服ではない。ウォッチも靴もない。病院で着るような灰色の綿のゆるいズボンと灰色のだぶだぶのシャツ。囚人服だ。電話も財布もすべて取り上げられている。

考えろ、ランガン。考えるんだ。

セキュリティなしのネットワーク電波が飛んでいれば、まだ接続できる。いまいる場所がわかるし、念のためにメッセージを送ることもできる……。

ネクサスＯＳには公開ネットワーク接続を探索するツールがある。しかし動作していない。昨夜麻酔弾にやられたときにクラッシュしたのか。

nexus_restart

脳裏でコマンドを入力した。視野に起動シーケンスが流れはじめる。

Nexus OS 0.7 by Axon and Synapse
Built on ModOS 8.2 by Free Software Collective
8,947,692,017 nodes detected
9,161,412,625,408 bits available
visual cortex interface 0.64 … active
auditory cortex interface 0.59 … active
…

スクロールは続き、ネクサスのプラットホームに移植したＯＳが立ち上がっていく。ランガンは独房内を歩きながら起動を待った。

ワシントンDCの最高機密施設で、二人の男が壁面スクリーンを見つめていた。一人は長身の引き締まった体で、顎は四角い。黒いスーツに身を包み、両手を背後で組んでいる。ERD執行部部長代理のウォレン・ベッカーだ。もう一人は科学者で、よれよれの服に流行遅れの眼鏡。ぼさぼさの白髪が逆立っている。神経科学部長のマーティン・ホルツマンだ。

スクリーンでは、濃い色の肌で脱色した金髪の男が、囚人服姿で狭い真っ白な独房内を歩いている。ランガン・シャンカリだ。

「やはり必要ないと思うのですがね」ホルツマンが言った。

「きみの武器が有効に機能することを確認しなくてはならない」ベッカーは答えた。

ホルツマンは首を振った。

「機能します。確認しました。何度も」

ベッカーは科学者に顔をむけて、壁に映ったランガン・シャンカリに目をもどした。

「マーティン、ネクサス5にも有効かどうかは確認が必要だ。ネクサス3からどこが変わっているかわからない」

「動物実験でたしかめました」

ベッカーは眉を上げた。

「ラットと人間では結果が異なるかもしれない」

ホルツマンはしばし黙った。

「危険です。まず動物実験をやって、安全性を評価して、それから人間に試すべきです」

ベッカーはすこし考えた。

「こんな機会はそうそうない。もし失敗したら、兵器の改良にさらに時間をかけることになる。ネクサス5に対して成功したら、最終目標にも働くと自信を持てる」

ホルツマンは低い声になった。

「ウォレン、これは倫理的に……」

ベッカーは片手で制した。ホルツマンは黙った。

「ありがとう、マーティン。ミッションの優先度を考慮して、試験を実施する。きみが乗り気でなかったことは記録に残そう。できるだけ短時間ですませる」

ホルツマンは低頭した。

ベッカーは命令口調で壁にむかって言った。

「ネクサス妨害プログラムを作動開始」

ふいにランガンは信号をつかめなくなった。どの周波数もだめだ。まるで部屋全体が電磁シールドされたかのようだ。くそ、どうなってるんだ。

精神に激痛が走った。頭に火がついたようだ。千デシベルのノイズが充満し、頭が割れそうに痛い。口から悲鳴が漏れた。全身の筋肉が痙攣し、前のめりに転倒した。エラーと警告が意識のなかを急速に流れる。

interface ERROR - memory out of bounds（メモリーにアクセス不能）
interface ERROR - memory out of bounds
interface ERROR - socket not found OXA49328A（ソケットを発見できず）
interface ERROR - socket not found OXA49328B
interface ERROR - socket not found OXA49328C
interface ERROR - socket not found OXA49328D

どこまでも続く。止まらない。何千行ものハードウェアエラーが視界を滝のように流れる。ランガンもケイドも見たことがない大規模な異常だ。
硬いコンクリートの床に頭をぶつけたのをぼんやり意識した。苦痛とホワイトノイズであらゆる感覚がかすむ。精神が完全に過負荷になっている。ノイズの海を泳いでいる。混乱のなかで、脳内のネクサスがおかしいらしいとかろうじてわかった。停止しなくては。なにか方法があるはずだ。なにか……なにか……なにができる？　くそ、痛い。くそ、くそ、くそ。

また悲鳴が湧いてきた。意思に反して口を割って、狭い独房に反響した。思考は苦痛と混乱のかすみのむこうに遠ざかる。しかたない。整然とした思考など無理だ。頭のなかはノイズ、ノイズ、ひたすらノイズだ。

突然、終わった。苦痛ははじまったときとおなじく唐突に消えた。全感覚をおおっていたノイズは去った。脳にねじこまれていた槍の穂先は消滅した。頭を床にぶつけたところが痛いだけ。さっきまでの苦痛にくらべればなんてことはない。

ランガンは大きく息を吸って、震えだした。全身に汗が噴き出す。震えは止まらず、息は荒い。床の上で体を丸めて震えつづけた。

壁面スクリーンのなかでシャンカリが転倒した。悲鳴がスピーカーから響く。床で丸まった体が痙攣している。ベッカーは継続させた。一秒、二秒、三秒、四秒……。

「もういいでしょう」ホルツマンが苦々しく言った。

ベッカーはうなずいた。

「妨害を停止」声をあげて命じる。

シャンカリの悲鳴が止まった。若者は床に倒れたまま、胎児の姿勢をとった。

「これで満足ですか？」ホルツマンは辛辣な口調で訊いた。

ベッカーはゆっくり、落ち着いてうなずいた。

「ああ」

ケイドは明るい光と声で目覚めた。声は、予定の面談まであと五分と伝えている。口のなかは泥の味がして、胃は反乱を起こしている。頭は大型ハンマーで殴られたようだ。トイレに行き、顔を洗ったら、もう行く時間だった。

真っ白な独房から二人の看守によって出され、廊下のつきあたりの会議室へ連れていかれた。フェイクウッドの大きなテーブル、椅子、そして壁面スクリーン。ケイドは指示された席にすわり、待った。

一分とたたずに奥のドアが開き、政府職員らしいスーツとネクタイの男がはいってきた。革張りのスレートを持っている。あとから小柄な老人がついてきた。皺くちゃの白シャツと眼鏡。頭はぼさぼさの白髪。どこかで見覚えがある気がした。

最初の男がテーブルの上座へ歩いて席につきながら言った。

「ミスター・レイン。わたしは執行部部長代理のウォレン・ベッカーだ。こちらはマーティン・ホルツマン教授。知っているだろう」

ホルツマンか！　ケイドはようやく思い出した。マ《M》サチューセ《I》ッツ工科大学《T》神経工学部長だった人物だ。彼の研究室は意思作用の神経科学で業績があった。そんな人物がなぜERDなどに？

ホルツマンはうなずいて挨拶した。

「ミスター・レイン」ドイツ訛りがある。

あとはベッカーが話した。

「ミスター・レイン、きみはきわめて厄介な状況にある。きみの研究は明白なチャンドラー法違反だ。ERDがあたえたライセンスの範囲も大幅に逸脱している。別表0記載の麻薬の配布と、おそらく製造にも荷担した。その深刻さがわかっているかね？」

ベッカーの話を聞きながらケイドはうなだれた。テーブルのフェイクウッドの木目を見つめるばかり。萎縮して言葉も出ない。

しばらくしてベッカーは続けた。

「きみの状況は最悪だ。DEAは全容疑での起訴を望んでいる。わたしの上司はきみを人類への脅威として分類している。検察はきみの罪状を次のようにリストアップしている――」ベッカーはスレートに目をやった。「――ERDの研究制限違反。チャンドラー法の複数の項目に違反。強制支配技術の開発および第一級の使用。法執行機関の捜査官に対する誘拐と攻撃など。これらをすべてあわせると……きわめて長期の刑で国家安全保障収容センターに収監されるだろう。おそらく終身。仮釈放なし。あそこは快適ではないぞ。わかっているか？」

ケイドは黙ってうなずいた。

「よろしい。ではよく聞け。起訴されれば逃げ道はない。証拠は万全。こちらがその気ならすべて有罪にできる。しかし、きみがテロリストだとは思わない。今回はばかなことをしただけだろう。わたしはきみの味方だ」

おやおや、そうかい。

ベッカーは話しつづけた。

「きみには国家と人類のために協力する道がある。それを選ぶなら、きみへの法的措置の大半を取り下げてもかまわない」

ケイドは口をへの字に曲げた。恫喝だ。まちがいなく恫喝だ。

「仲間はどうなるんですか？　パーティの客たちは」

ベッカーはうなずいた。

「友人思いだな。いいことだ。彼らも深刻な状況にある。ＤＥＡは昨夜現場にいた全員に麻薬所持罪を適用するつもりだ。イベント開催を手伝った者は配布罪。ＥＲＤの検察官は、きみとランガン・シャンカリ、ワトソン・コール、イリヤナ・アレクサンダーをまとめてチャンドラー法違反で起訴するつもりだ」

ベッカーはそこで一息おいて、首を振った。

「しかしきみが全面的に協力するなら、これらの容疑の大半について起訴を取り下げることができる」

ケイドは顔をしかめた。ネクサス所持罪は二年以上が確実だ。もちろん大学は除籍になるし、科学や研究にたずさわる職には将来も就けない。配布罪にいたっては七年以上だ。

さまざまな名前と顔が頭をよぎった。アントニオ、リタ、スヴェン。みんなパーティの開催を手伝ってくれた。他の参加者に薬を配っていた。多くの友人を長期刑にしてしまう。そしてランガン、イリヤ、ワッツ……。彼らには自分とおなじ刑が待っている。国家安全保障収容センターに数十年、悪くすると生涯収容される。顔がかっと熱くなった。考えるだけで吐き気がしてきた。

ポーカーフェースだ、ケイド。ポーカーフェースを守れ。

いくらか背筋を伸ばした。まだ気を張っていよう。

「僕になにをやらせたいんですか」

「ある人物に接近してほしい」ベッカーが答えた。「べつの国のおなじ科学者だ。きみは博士号取得後にその研究室にはいり、そこでやっていることを逐一報告してほしい」

「スパイになれと?」

「そうだ」

「なぜですか?」

「監視対象の科学者は悪行を働いている。殺人、政治的暗殺、マインドコントロールなど」

「なぜ僕が？」

「問題の科学者はきみの研究に興味があるらしい。きみがやっていることを詳しく知って、なるほどとわかった」

「具体的にだれなんですか？」

「同意すれば教える。断るなら、知らないまま収容所にはいってもらう」

ケイドは指先でテーブルを叩いた。おなじ科学者をスパイするなんて汚らわしい行為を。

「容疑の大半をとおっしゃいましたね。具体的には？」

ベッカーはうなずいた。

「パーティの客は全員、三年間にわたって保護観察と麻薬検査の義務を課す。合格すれば記録を抹消する。きみとシャンカリ、コール、アレキサンダーは生涯、監視リストに載る。麻薬検査義務もある。先進的なコンピュータ、生物、神経、ナノテク関連技術はネクサスをふくめて使用禁止。連邦科学研究基金のブラックリストに掲載。かわりに収容は見送る」

ケイドは目のまえが真っ暗になった。研究財源なし。コンピュータもバイオも禁止。ネクサスもだめ。大事なものをすべて奪われる。しばらく息もできなかった。

「科学の道に残る方法が一つだけある」

ホルツマンが口をはさんだ。ケイドは顔を上げてそちらを見た。

「どんな？」

「わたしのところへ来るんだ。このERDで国家に貢献する研究をする。もちろんきびしい監視はあるが」

スプーンを自分の脳につっこんで前頭葉を切り離したほうがましだ。

今度はベッカーが言った。

「承服しがたいのはわかる。しかし終身刑よりましだろう」

そうだろうか。

世界がぐるぐるまわっている気がした。まっすぐに見られない。悪夢だ。

「もう一つ条件がある」ベッカーが言いだした。「ネクサスについてのきみのこれまでの研究をすべて引き渡すんだ。そして構築したものやその方法論について、こちらの研究チームに詳しくレクチャーしてもらう」

「それは……しばらく考えさせてください……」ケイドは弱々しく言った。

ベッカーはまたうなずいた。

「いいだろう。考えたまえ。ただし、あまり長い猶予はやれない。きみを拘束している事実を隠せるのは数時間が限度だ。それ以上は難しい。きみがわれわれの手の内にあることを知られたら、もう使い道はなくなる。そのときは重い刑を受けてもらうしかない」

看守に連れられて独房にもどった。ケイドは寝台に横たわって目を閉じた。いくつもの顔が視界をよぎる。自分がこの取り引きに同意しないと人生がだいなしになる人々。

スパイとして働く取り引きに同意したらどうなるか。無実の科学者に対するＥＲＤの不誠実な行為に荷担させられる。思想的に正反対の立場の組織と契約を結ぶことになる。

しかし他の道が開ける可能性もある。投獄されず、海外で働くのだろう。うまくすれば逃亡も……。

嫌悪する体制に加わるのか。

こんなときに両親が生きていればと思った。デニスとシェリル・レインはともに科学者だった。高エネルギー物理学者と生物学の研究員。昨年暮れにハイウェイの交通事故でどちらも他界した。その助言を聞きたかった。二人ならこんなときにどう言うだろう。

科学者は自分の研究がもたらす結果に責任を持たねばならない——父からくりかえし教わった理念だ。

今回の研究のせいで数十人の友人が投獄される。それを避けるにはケイドはＥＲＤの要求を呑まなくてはいけない。

堂々めぐりの思考が一時間も続いた。やはり自分が投獄されず、友人たちも投獄されない道が、全員投獄よりどう考えてもましだ。これほど多くの人生をだいなしにしたら良心が耐えられない。巻きこんでしまったことへの償いだ。

腹は決まった。苦い味が残る。しかたない。

資料

アーリア人の蜂起（または赤の木曜日）

＃事件　＃組織　＃二〇三〇年

アーリア人の蜂起（二〇三〇年）は、人類の大半を滅亡させ、遺伝子操作されたネオナチのトランスヒューマンによって世界を再植民することを目的に準備されたものである。

二〇三〇年五月十六日朝、ワイオミング州ララミーで多数の死亡者が出ているという報道が全米に流れた（「赤の木曜日」参照）。アメリカン・ニューズ・ネットワークを初めとする報道機関は、ララミー市民が血を吐いて通りに倒れている凄惨な映像を流した。州兵とFBIの対バイオテロ隊が緊急に町を立入禁止にし、状況終息までそれが解かれることはなかった。

簡易DNAシーケンシングによって、大幅に遺伝子改変された空気感染型のマールブルグ・ウィルスによって死者が出ていると確認された。このウイルスはマールブルグ・レッドと命名された。四日間でララミー住民の九十パーセントが死亡。死者総数は三万一千人にのぼった。英雄的な防護対策と、この新種ウィルスの潜伏期間がきわめて短かったおかげで、マールブルグ・レッドがララミーの外へ拡大する事態は防がれた。

感染の終息後、調査団はララミーの西の郊外にある施設に、クローン誕生した子ども百二十八人がいるのを発見した。子どもたちは十六人ずつ八系統にわたり、年齢は三歳から十五歳であった。成人数十人の死体もみつかった。その後の調査によって、クローンの子どもたちは〝アーリア人の蜂起〟と名乗るグループによってつくりだされ、とくに遺伝子操作によってマールブルグ・レッドへの耐性を持たされていることが判明した。すなわち〝劣等種〟を絶滅させ、民族的に純粋な〝超人〟に取って代わらせようという思想的謀略の一部だった。

施設内の監視カメラ記録によると、開発初期段階のマールブルグ・レッド株を子どもたちの一部が意図的に予定より早く放出していた。これによって彼らをつくりだした大人と近郊の町の住民が全滅した。マールブルグ・レッドの開発チームが設計作業を終えて、潜伏期間が長くなっていたら、死亡者数は桁ちがいに多かったと思われる。

世論は、まず恐怖し、次に事件を未然に防げなかったFBIと国土安全保障省を強く非難した。この事件が起きたのは、ちょうどDWITYドラッグによる誘拐およびマインドコントロール事件がピークの時期だった。そのまえの二〇二八年にはカリフォルニア州ユッカグローブにおけるコミュニオン・ウイルスの感染爆発、二九年にはエシャトンによる大規模コンピュータ攻撃が起きていた。

このため大衆は不満をつのらせ、オーエン・アッシャー大統領の支持率は急降下した。

遺伝子工学、クローン技術、ナノテク、人工知能など、〝超人〟の作製につながる研究を規制する法律を制定すべきだという意見が急増した。

このような大衆の反応によって、チャンドラー委員会による公聴会が二〇三〇年から三一年にかけておこなわれ、チャンドラー法の可決、新型リスク対策局《ERD》の創設と施策が決まっていった。一連の事件は二〇三二年大統領選にも大きく影響し、マイルズ・ジェームソン知事の大統領当選、ジョン・ストックトン上院議員（現大統領）の副大統領当選に至った。二〇三五年には世界的技術脅威に関するコペンハーゲン協定が起草された。

――『先進技術がもたらす脅威の歴史』
ＥＲＤライブラリー・シリーズ、二〇三九年刊（秘密指定なし）

6　外部の事情

「やります」ケイドは言った。

ベッカーはうなずいた。

「よろしい。正しい選択だ」

「で、だれをスパイしろと?」

ベッカーは手もとのスレートをタップした。すると壁面スクリーンに光がはいった。

警告:これは機密情報である。
最高機密第四分類
取扱資格のない者にこの情報を開示すると、連邦法にもとづき最長懲役三十年の刑に処せられる。

この秘密情報取扱資格の警告をはさむように、国土安全保障省と新型《E》リスク《R》対策局《D》の二つのロゴが表示された。

「これから最高機密に属する情報を開示する。漏洩すると重罪に問われることを了承してもらいたい」

ケイドは生唾を呑んだ。

「はい」

「よろしい」

ベッカーはスレートをタップした。

壁面スクリーンは次のスライドに進んだ。長身でエレガントな中国人女性の写真。年齢は四十代前半。横をむいて画面の外のだれかににっこりと微笑んでいる。見覚えがある。

「名前は朱水暎《ジュウ・スイイン》。聞いたことがあるはずだ」

ケイドはしばし言葉を失った。朱水暎《ジュウ・スイイン》だって？　彼女が殺人を？

朱水暎《ジュウ・スイイン》はこの分野の著名な神経科学者の一人だ。将来ノーベル賞をとりそうな現役科学者を一人選ぶとしたら、ケイドは彼女を選ぶだろう。抽象思考、信念、モチベーション、知識の神経エンコーディングの解明でだれより多くの業績を上げた。ケイドの仕事でも、朱《ジュウ》の研究室で構築されたモデルに統計的手法のレイヤをかぶせたものを使っている。彼女とその学生たちは最高ランクの論文を次々に発表している。まさに当代一流の神経科学者だ。

「その朱 水 暎《ジュウ・スイイン》が殺人者？　なにを言ってるんですか。証拠でもあるんですか？」ケイドは訊いた。

ベッカーはスレートをタップした。スクリーンが変化する。今度はオレンジ色の法衣をまとった仏僧だ。丸めた頭を下げ、石畳の中庭らしいところでひざまずいている。

「ロブサン・トゥルクの資料写真だ。ダライ・ラマと二人のボディガードを二〇三七年にダラムサラで射殺し、直後にみずから命を絶った仏僧だ」

ケイドはうなずいた。

「憶えています。ある日突然おかしくなったと」

「そう伝えられている。しかし真相は異なると考える根拠がわれわれにはある。だれかがこの男をあやつり人形に変え、政治的暗殺を実行させたのだ」

ベッカーは次のスライドに移った。壁面スクリーンに凄惨な写真が映し出される。二十代前半の法衣のアジア人が血の海に倒れている。頭に銃創が二つ。ダライ・ラマだ。ケイドは胃がひっくりかえりそうになった。

「ロブサンは過去に拳銃を所持したことも、使ったこともなかった」ベッカーは説明した。

「われわれが知るかぎり、銃にさわったのは事件の一週間前。なのに射撃の腕前は一流だった。発射したのは六発。ボディガード二人に二発ずつとダライ・ラマに二発。全弾を頭に命中させ、一発もはずしていない」

ホルツマンが考える目でケイドを見た。

「きみならできるかね？　人をロボットに変えられるか？」

ケイドは写真を見つめた。理論的には……充分な時間をかければ……。しかし返事はしなかった。

ホルツマンはしばらく見つめていたが、やがてうなずいた。

ケイドは咳払いをして、とりあえず懐疑的な立場から意見を言った。

「まだわかっていない部分があるのでは？　だれかに訓練されていたとか、最初からこの目的で送りこまれたとか」

ベッカーは首をかしげた。

「ロブサンはダライ・ラマの竹馬の友だった。子ども時代からいっしょで、ダライ・ラマの熱烈な支持者であり、親友であり、チベット解放運動の活動家だとだれからも見られていた。なのにある日突然、生涯の友を殺した。しかもプロの暗殺者なみの腕前で」

説明は続く。

「ロブサンはその数カ月前にチベットで中国当局に拘束されていたことがわかっている。四十八時間の拘置ののちに国外追放された。拘置中はほとんどずっと独房で瞑想していたと本人は話していた。しかし神経工学を使って記憶が改変されていたとしたら……あってもおかしくない。ネクサスは強力な暗殺ツールになりうる」

ケイドはまた首を振った。プロパガンダは政府が最初に使う手だ。ワッツがそう言っていた。懐疑的でいよう。その態度にこだわった。

「それと朱水暎《ジュウ・スイイン》とどんな関係が？」

「いずれその話になる」

ベッカーは答えて、次のスライドに進んだ。破壊された建物。爆発現場らしい。死体と負傷者があちこちに倒れている。一部は軍服だ。

「二〇三八年、チェチェン共和国の首都グロズヌイだ。五年近く平和が続いていたが、ザミラ・ザカエフという若い女が、ロシア軍兵士のよく集まるナイトクラブで爆弾を破裂させた。しかし彼女が属していたのは非武装、平和協定遵守を主張するチェチェン独立運動グループだ。この事件で民間人七十四人とロシア兵三十人が死亡した。すぐに報復攻撃がおこなわれ、運動側はさらに爆弾攻撃で応じた。ロシアは陸軍三個師団を北コーカサスに再投入。戦闘はいまも続いている」

「それがどんな関係があるのかわかりませんが」

「ザミラ・ザカエフはその年の初めに中国へ旅行していた。そしてやはり二日間、明確な理由なしに中国当局に拘束された」

「チェチェンのクラブで爆弾事件が起きて、中国の得になるんですか？」

「ロシアへの陽動になる。世間の注目と武力を中国以外へむけさせることができる」

ケイドは考えた。それでも朱《ジュウ》との関係がわからない。

「事例をもう一つしめす。そのあとで、朱水暎《ジュウ・スイイン》の関与を疑う理由を説明しよう」

ベッカーは言って、またスレートをタップした。スクリーンに映されたのは、今度はスーツのアジア人男性だ。振り上げた拳の意味は勝利か、反抗か。演壇に立ち、群衆に取り巻かれている。旗を振っている者もいる。

「劉銭《リュウ・チェン》、現在の台湾の総統。写真は昨年二〇三九年の総統選で勝利する前夜のものだ。台湾の野党第一党である民主進歩党の党首で、選挙戦では反北京の立場を通した。統一政策を大幅に巻きもどすと主張し、中国の人権問題、外交問題、国内改革の停滞を舌鋒鋭く批判した。そして今年一月、劉《リュウ》総統として北京を公式訪問し、最近就任した中国首相との初会談に臨んだ」

ベッカーがタップすると、スクリーンには劉《リュウ》と、ニュースで見覚えのある高齢のアジア人男性が映し出された。赤と金で装飾された椅子に並んですわり、あるかなきか程度の微笑を浮かべている。

ベッカーの説明は続く。

「この訪問中に、劉《リュウ》総統は急に体調を崩した。風邪の症状だとみられる。国内最高ランクの病院である北京翠宮病院に一晩入院し、翌朝早く報道陣に笑顔で手を振りながら退院した。体調は完全に回復したようだった。この出来事をのぞけば、訪問は大成功だった。すくなくとも中国にとってはな。

北京から帰国した劉《リュウ》は、主張が一変した。両岸関係のほぼすべての問題で態度を百八十度変えた。迅速かつ根本的な統一を支持し、人権や腐敗問題についての批判は影をひそめた。われわれは大陸訪問中に北京が彼を変質させたと考えている。ただしこれまでの二例よりわかりにくい形でだ」

「政治家ですから見解が変わることはあるでしょう」

ケイドが言うと、ベッカーは微笑した。

「理にかなった主張だ。われわれも同様に考えた。もちろん確認を要する。さいわい先月の訪米中に劉《リュウ》総統はふたたび体調を崩した」ベッカーはまた微笑した。「CIAはその機会に劉《リュウ》総統の血液と脳脊髄液のサンプルを採った。血液は異常なしだったが、脳脊髄液のほうに、ネクサスの存在を疑わせる痕跡を発見した。血液のほうに痕跡がないということは、ネクサスらしい物質は、通常どおりに分解されて脳から排出されてはいないと考えられる。つまり恒久的に脳に組みこまれている。きみの研究が達成したのとおなじように」

ホルツマンがまた口を出した。

「どうやって達成したのか、詳細を聞くのを楽しみにしているよ」

ケイドはぞっとした。

ベッカーは続けた。

「中国の強制支配技術が使われたと考えられる事例は他にも二十件以上ある。われわれの懸念を理解してもらえるかね？」

「ええ」

ケイドは納得した。ネクサスＯＳをつくったのは、新しい自由、新しいつながり方、新しい学び方を提供するためだった。マインドコントロールや暗殺の道具にするためではない。

「朱《ジュウ》博士の関与について質問があったな。その話をしよう」ベッカーは話した。「まず第一に、過去数年間の人的諜報活動から、彼女がなんらかの強制支配技術について中国人民解放軍と協力関係を結んでいることがわかっている。第二に、中国の超人兵士計画に彼女が関与している直接的な証拠がある」

ベッカーはふたたびタップした。今度はアジア人の兵士の集団がパレードをしている写真だ。粒子の粗さやピントの特徴から、超望遠レンズでかなり遠くから撮影されたらしい。

「この写真の興味深いところがわかるか？」ベッカーが訊いた。

ケイドはしげしげと見た。どこに注目すべきかわからない。二十代とおぼしい兵士たちは、強健な体つきで、髪はみなクルーカット。礼装軍服で、いかにも高性能なライフルを右肩にのせている。行進の途中を切り取った写真で、背筋はぴんと伸び、歩調は完璧にそろっている。顔は冷ややかで無表情。このなかに知った顔があるとでも？　アジア人の顔の区別は苦手だ。とりわけこの兵士たちはみんなよく似ている。髪型がそろっているせいか。いや……。

「みんなおなじ顔だ」

ベッカーがうなずいた。

「これは孔拳特殊大隊の支隊だ。彼らはクローンだ。これだけでコペンハーゲン協定に違反している。中国軍の精鋭であるこの大隊は、強固な忠誠心を技術的に持たされているという報告がある」

ケイドは身震いした。十代の頃に見たニュース映像が記憶に蘇った。人類抹殺を狙うネオナチがつくったクローンの子どもたち。施設から列をつくって出てきた。冷徹な目をして、十歳にして立派な殺し屋だった。記憶を頭から振り払おうとした。

ベッカーはその反応を見ていた。

「アーリア人の蜂起事件を思い出したようだな。あれ以来、大規模なクローン作製計画はなかった。すくなくとも高度なものはなかった。これまでは」

ケイドは首を振った。科学者らしく検討しよう。

「ただの一卵性双生児ですよ、クローンはすべて。ネオナチの子どもたちの場合は……それだけではなく、プログラミングがおこなわれていました。クローンというだけで悪者扱いはできません。双子が悪人ではないように」

ベッカーは考えながらうなずいた。

「まあそうだ。ただの双子だ。しかし同一の双子を二百人もつくる目的はなんだ？」

ケイドは肩をすくめた。

「さあ。輸血や臓器移植をしやすくするためとか」

ベッカーは考える顔でうなずいた。

「あるいは従順さや統制しやすさが狙いか。予測しやすさか。侵襲的な神経強制のためにはなるべく似た脳構造のほうがやりやすい、という可能性はどうだ？」

片方の眉を上げてケイドを見る。

ケイドはクローン兵士たちの冷たく無表情なおなじ顔を見なおした。ベッカーの考察は表面的すぎる気がする。

ベッカーは続けた。

「じつは彼らは多くの場所に配置されている。とくに絶対的かつ無条件の忠誠心が必要とされる場だ。たとえばこの二人だ」

壁面スクリーンは中国首相の写真になった。二人のボディガードが映りこんでいる。どちらもさっきの兵士とおなじ顔だ。

「朱《ジュウ》博士のそばにもべつの一人がいる」

朱水暎《ジュウ・スイイン》が車に乗りこもうとしている写真になった。ドアを押さえている運転手がクローンの一人だ。

「朱水暎《ジュウ・スイイン》の夫である陳龐《チェン・パン》の取り巻きにもいる。彼は上海交通大学で人工知能計画を率いている」

いかめしい顔つきの中国人男性が儀式的な歩調で広場を横切っている写真。隣にダークスーツのボディガードがいる。やはりおなじ顔だ。

「朱《ジュウ》博士とその夫に孔拳隊のボディガードがついているわけだが、証拠としてはまだ不充分だ。しかしこれを見ろ」

次の写真は、孔拳隊の兵士が四列に並び、両手を背中で組んで休めの姿勢をとっている。そのまえに立ってカメラ目線で微笑んでいるのは、朱水暎《ジュウ・スイイン》だ。背後の若者たちをしめすように両手を左右に広げている。この写真の兵士たちは他とちがって笑顔だ。

「これは孔拳隊のあるクラス、あるいは生産バッチの卒業式だ。朱《ジュウ》博士がここにいるのは、やはりこの計画にかかわっているからだろう。強制支配技術の研究で知られる神経科学者と、強固な忠誠心を植えつけられているらしい兵士たち……。点と点を線でつなぐには充分だ」

ケイドは反論しようと口を開きかけた。しかしベッカーは続けた。

「証拠をもう一枚」

スクリーンの写真が変わった。今度はどこかの市場だ。熱帯らしいので東南アジアだろう。中央に朱水暎《ジュウ・スイイン》が立ち、南国の果物を持ってうれしそうに鼻に近づけている。隣にいるのは長身痩軀のアジア人男性で、黒いサングラスをかけている。

「この写真は二年前にタイのチェンマイで撮られた。朱《ジュウ》博士の隣にいるのはタノーム・プラトーナン。通称テッドだ。テッド・プラトーナンはアメリカで教育を受けたタイ人の合成化学者であり、ナノテク技術者だ。現在四十二歳。スタンフォード大学で自己集合するナノ構造を研究して、二〇二四年に博士号を取得した。同年から二六年までは上海交通大学でポスドク。この時期に朱水暎《ジュウ・スイイン》と知りあった可能性がある。二六年から三四年までの所在は不明。三四年にネクサス3の主要な供給者として表舞台に再登場する。カンボジア国境に近いタイ東部の県で、一個ないし複数の施設を使ってネクサス3を合成したと考えられる。身柄をなんとしても押さえたいが、タイ政府は協力的でない。プラトーナンと朱《ジュウ》の研究分野は基本的に重ならないのに、その二人が行動をともにしているというのは、控えめにいっても興味深い。

まとめると、朱水暎《ジュウ・スイイン》は、強制支配技術に主眼をおいた中国の神経工学プログラムをになう、主役とまではいわないものの、その一人の科学者だと思われる。そしてなんらかの形でネクサス3をこの研究に使っている。われわれの懸念は二つだ。中国がこの技術でなにをするつもりか。そして、こちらがもっと重大かもしれないが、朱水暎《ジュウ・スイイン》がテッド・プラトーナンのような人物との関係を通じて闇市場にどのような知識を流したのか、だ」

　ケイドは深いため息をついた。鵜呑みにするなと自分に言い聞かせた。この手の連中は相手を丸めこむためなら嘘もつくし、真実もゆがめて話す。懐疑的態度を忘れるな。自力で考えろ。

「なぜ僕なんですか?」

「遠からず、きみのもとに高次脳機能のデコードをテーマとする特別ワークショップの招待状が届く。バンコクで開催される国際神経科学学会《ISFN》の直後におこなわれる。招待を手配したのは朱水暎《ジュウ・スイイン》だ。ワークショップは招待者限定で、院生はきみだけだ。他は終身在職権を持つ教授ばかり。このことから特別な興味を持たれていることがうかがえるだろう。朱《ジュウ》の研究室にはポスドクの空きができる。きみは来年には博士号を取得する。きみの実験はすでに彼女の研究の一部を下地にしている。まさにおあつらえむきだ」

　ケイドは怖くなった。

「万一ばれたら殺されかねない相手のそばで、スパイ活動をやれというんですか?」

　ベッカーはわずかに笑った。

「きみに危険が迫っていると判断したら、すぐに救出の手を打つから安心しろ。学会でもサポートをつける。上海に長期滞在する状況になったら、そこでもサポートを用意する」

　選択肢はないのか。イリヤの言うとおりにすべきだったかもしれない。メディアに駆けこんで報道してもらえば……。

いや、うまくいかないだろう。似た話は過去によくあった。そのときなにかしたか？オンラインの請願書に署名くらいはした。しかしその人物を守るために駆けつけたか？全国の科学者が立ち上がって抗議したか？　そんな展開はほぼありえない。みんな見ないふりをして自分の研究計画を守るだろう。連邦からの研究助成金を維持できる範囲でしか動かないはずだ。不愉快な気分になった。自分を恥じ、この職業を恥じた。

ベッカーはスレートのカバーを閉じて、ケイドを見た。

「最後の話は、きみにやってもらう技術のブリーフィングなので、ホルツマン教授にまかせる。わたしは別件がある。サンフランシスコへ帰る手段はホルツマン博士が手配してくれる。そのときさみが保管している残りのネクサス薬物を同行者が没収する。あとはまたこちらから連絡する。ＩＳＦＮの会議までは二カ月だ。われわれは準備すべきことが多い。大半はきみの安全確保のためだ」

そしてベッカーは席を立ち、スレートを抱えた。退室してドアを閉める。

ケイドは頭のなかがぐるぐるまわっていた。技術ブリーフィング、ネクサスの没収。また息苦しくなってきた。動悸がする。ネクサスを奪われる。彼らに取りこまれる。力の源泉を譲り渡し、自身さえゆだねようとしている。損失をくいとめなくては。

しかしどうやって？

ホルツマンから話しかけられているのをぼんやりと意識する。

しばらくそれを無視した。ある考えが浮かんだ。可能なのか？　できる。時間はあるか？　わからない。

ホルツマンがまたなにか言った。

ケイドはわれに返った。

「すみません。ぼうっとしてしまって」

「大丈夫かと訊いたんだ」老科学者は言った。

大丈夫ではない。しかし耐えられないほどではない。

「ええ、まあ。すみません。理解すべきことが多くて」

ホルツマンはうなずいた。

「休憩が必要か？」

ケイドはまばたきした。すんだことはしかたない。前に進むだけだ。

「いいえ、もう大丈夫です。聞かせてください」

ホルツマンはまたうなずき、スレートを開いてしばらく操作した。壁面スクリーンが新しいスライドに変わる。グラフで、タイトルは〝朱水暎《ジュウ・スイイン》、発表論文のインパクトファクター〟となっている。

ホルツマンが話した。

「きみのミッションに必要な背景資料として今日最後のものを見せる。朱水暎《ジュウ・スイイン》についてだ。キャリアのはじめから優秀な科学者だったが、ある時期から変化している」

ホルツマンの話を聞きながら、ケイドはグラフをじっくりと見た。論文の影響度を指標化したインパクトファクターは、朱《ジュウ》はキャリア初期からはっきりと高い。しかし中断期がある。娘の育児のために研究を三年間休んだのだ。そのあと再登場したグラフの線は、中断前より顕著に高くなっている。そして右肩上がりに増えている。年を追うごとに高くなる。

「わかるだろう、ケイド。二〇二九年以前と二〇三二年以後ではキャリアの軌跡がまったく異なる。そこに三年間の断絶がある。初期の朱水暎《ジュウ・スイイン》にはあらゆる成功の兆候があった。二〇三二年以後の彼女は、それをさらに超えている。まるで……超人的な頭脳を持ったようだ」

ケイドはしばし考えた。

「育児中の思索の結果では？　蓄積したアイデアを一気に出したのかもしれない」

ホルツマンはうなずいた。

「その場合は復帰直後に一時的な山ができるだけだろう。しかし実際には長期的に加速しているのだ。二〇三二年以降は毎年だ。二〇三二年以前の軌跡からどんどん離れていく。こんな変化は見たことがない」

ケイドは首をかしげた。

「朱《ジュウ》がどこか変わったと考えられるんですね。頭がよくなった。機能強化されたと」

「証拠はないが……」ホルツマンはゆっくりと言った。「しかしきわめて示唆的だ」

ケイドはうなずいた。朱《ジュウ》の仕事はきわめて優秀だ。畏敬の念を起こさせるほどに。

「その場合の機能強化は……たんなる記憶力の増強や集中力の補助ではないでしょう。より高度なパターン認識、より高い創造性。現在この分野で知られていない強化手法……」

ホルツマンはうなずいた。

「そうだ。これまでの常識を越えた強化手法の兆候がある。われわれの懸念はそれだ」一拍おいて、「興味深いのはネクサス1が初めて報告された時期だ。ほんの七年前の二〇三三年……その翌年に朱《ジュウ》博士は科学界に復帰している」

ホルツマンは考えさせるように黙った。ケイドは眉をひそめた。

「朱水暎《ジュウ・スイイン》がネクサスをつくったとでも？　彼女はナノ技術者ではありません」

「ナノ技術者であればネクサスをつくれるのかね？」

いや、ナノ技術者だからといってつくれるものではない。

「チームを組めば……」

「われわれはすでにナノ技術者のチームをつくって、ネクサスを研究させている。リバースエンジニアリングを試みさせている。日本人、ドイツ人、イギリス人、インド人。あらゆる国から人材を集めたが、いまだに歯が立たない」

「つまり、なにをおっしゃりたいのですか？」

「ネクサスは人間の理解力がおよばないものではないか、ということだ。なぜなら、あれを生み出したのは常人ではなく……」ホルツマンは言った。「……ポストヒューマンの思考だからだ」

だから朱《ジュウ》をスパイしろと？

ホルツマンはスレートをタップした。壁面スクリーンは暗くなり、室内照明がともった。

「さて、次はわれわれがきみからネクサス5のブリーフィングを受ける番だ。きみの研究資料はあとで引き渡してもらう。設計ノートも実験結果も、すべてだ」

ケイドは息を呑んだ。

「研究資料はサンフランシスコにあります」

ホルツマンはもじゃもじゃの白眉の片方を上げた。ケイドは続けた。

「用心のためです。マスターコードはオフラインのシステムにおいてあります」

「よろしい。では技術ブリーフィングの第一段階をはじめよう。そののちに捜査官を同行させて、きみの研究室のデータを回収させる。すべてのデータと物理的な研究資料を渡してもらう。そのあとは捜査官がここへ運ぶ」

ケイドはうなずいて同意した。しかたない。

ウォレン・ベッカーはドアを開けて、サムが立っている部屋にはいった。サムは黙って、技術ブリーフィングを受けるケイドをスクリーンごしに見ていた。ベッカーは歩み寄り、肩に手をかけた。

「サム、傷の具合はどうだ？」

サムはうなずいて、胸の脇に手をあてた。

「治りはじめています。成長因子が働いていて、一週間で任務につける体にもどる予定です」

「そうか」ベッカーは言った。「ブリーフィングを聞いてどう思った？」

サムは首を振った。

「初耳の話だらけでした。昨夜のミッションのまえに全体像を知っておきたかったですね」

「あの時点では必知事項でないものがあった。昨夜の展開は予想外だったのだ」

サムはうなずいた。

「わかりました、部長代理」しばらく迷ってから、「あの……わたしはこのミッションの次の段階に適任ではないと思います」

ベッカーは鼻を鳴らした。

「サム、きみはこのミッションに最適の人材だ。現場のどの捜査官よりもネクサスの経験が豊富だ。ミッションにふさわしい隠れ蓑も持っている」

「わかっています。ただ……」

ベッカーは一呼吸おいて、また言った。

「記憶インプラントのエラーは貴重な経験だった、サム。これを教訓に埋植プロセスを改良する。未経験の捜査官にくらべれば、きみはネクサス5接続への備えができている」

「そのことではないのです。じつは……その……あの経験を楽しんでしまったのです。客観性に自信を持てません」

ベッカーは軽く笑った。

「楽しくなければだれもドラッグに依存しない。あたりまえの話だ」

サムはうつむいて両手を見た。どう言えばわかってもらえるだろう。

「拘束されて、ネクサスから切り離されたとき……あの接続状態を失ったとき……もどりたいと思ったのです。彼らのなかにもどりたいと。それは……立場上、あってはならないことで……」

サムはつっかえながら話した。

「カタラネス捜査官」ベッカーは命令口調になった。

サムは上官に正対した。

「サマンサ、きみの生い立ちはよく知っている。ユッカグローブできみと家族に起きたことも。コミュニオン・ウイルスにさらされたことも。そのような経験があるからこそ完全に信頼しているのだ。きみはこの技術の危険性をだれよりも理解している。きみならこの義務にひるむことはない。このミッションをやり遂げるだろう。なぜなら、適切な経験と立場を持つ最高の捜査官だから。わたしが百パーセント信頼しているから。そしてこれは命令だからだ。いいな」

サムは詰めていた息を吐いた。

「はい、わかりました」

ベッカーはかすかに微笑んだ。

「よろしい。ではきみへの追加のブリーフィングだ。わたしがケイデン・レインに話さなかったことはなにか、言ってみろ」

サムはブリーフィング室に目をもどした。ケイドとホルツマンが話を終えようとしている。

「推測ですが……このミッションは、朱水暎《ジュウ・スイイン》の身辺に潜行させた者から情報を送らせることだけが目的ではないはずです。それ以上の狙いがある。朱《ジュウ》がその技術を使ってケイドを転向させることが望ましい。そのほうがより深く彼らを調査できる……」

サムはしばし黙ってから、結論づけた。

「ケイドはたんなるスパイではない。餌ですね」

7　説　明

尋問記録　ランガン・シャンカリ、技術ブリーフィング、「ネクサス5」
二〇四〇年二月十九日日曜　〇九：五一

（註　対象者は敵意を持っている）
面接官　さて、再開しよう。ネクサス5について話してくれ。
シャンカリ（不明、おそらく悪態）いいだろう。ネクサス5はネクサスだ。ただしソフトウェアのレイヤをかぶせてある。
面接官　どういう意味だ？
シャンカリ　プログラムする方法をみつけたんだよ。データの入力と出力をできるようになった。命令を出し入れできる。
面接官　どんなデータを？
シャンカリ　最初は神経データだ。運動中枢における神経細胞の発火を計測するのが目的だった。個別にじゃなく、数百万個を同時に測れるんだ。
面接官　そういう研究をしていたのか？
シャンカリ　そうだ。目標は脳からデータを取り出し、解読して、ロボットアームを制御することだった。
面接官　そういうシステムはすでに存在する。なのになぜ研究を？
シャンカリ　既存のシステムは外科的なインプラントを必要とする。手間がかかるし、感染症の危険もある。そのくせアクセスできる神経細胞は数万個が限度だ。運動中枢には数百億個の神経細胞がある。ネクサスを使えばそれらにより多くアクセスできる。百万個、あるいは一千万個。より精密にロボットアームを制御できる。ボールを受けとめたり、ペンで字を書いたり。現在のシステムではできないことをやれるはずだ。
面接官　それで？
シャンカリ　データを入力できることもわかった。ネクサスのノード間が無線で交信していることも。
面接官　どうやって無線を扱うんだ？
シャンカリ　さあね。ナノチューブはそれ自体が小型の無線機になるからな。ネクサスの内部には複雑なナノ構造がある。
面接官　なるほど。ではソフトウェアについて。

シャンカリ　ソフトウェアか。わかった。とにかく、ネクサスは無線接続し、同期してる。どのノードも脳のどの位置にあるかを知ってる。どのノードも脳の担当部位を常時監視していて、発火をすぐに探知する。そのようすを解読すれば、脳活動が直接わかる。脳の好きな部位の神経細胞を発火させられる。
面接官　それがきみの研究とどう関係が？
シャンカリ　関係あるさ。いくらでもある。俺たちにとってはフィードバックだ。腕がなにふれているか、体に対してどの位置にあるか。それを脳情報として送れないとロボット義手はできない。
面接官　くりかえしになるが、そういうシステムはすでにある。なぜその研究を？
シャンカリ　理由もおなじだよ。多くの神経細胞、広い帯域、高い感受性と正確性、手術不要。次の質問は？
面接官　ソフトウェアだ。その話がソフトウェアにどう関係する？
シャンカリ　それか。最初はラットに呑ませて、信号を全部記録して……。
面接官　ネクサスはどこで入手した？
シャンカリ　（沈黙）町なかの売人から買ったよ。
（ストレス計が虚偽をしめす）
面接官　脈拍が十ポイントも上がって、発汗もあるな。収縮期血圧がいま五も上がった。

もう一度訊こうか。

シャンカリ　（ため息）　自分たちでつくった。

面接官　どうやって？

シャンカリ　自動合成装置だ。

面接官　検閲チップはどう回避した？

シャンカリ　（沈黙）　古いやつを使えたんだ。旧式だ。アップデートは何年もインストールされていなかった。

面接官　許可証の名義は？

シャンカリ　（ため息）　クロフォード研だよ。高性能な新型がはいって、古いのはほとんど放置されてた。俺は研究室に出入りできた。やつらはなにも知らない。

面接官　分子構造はどこで入手した？

シャンカリ　〈革命のためのレシピ〉に化学データがある。ハードコピーにしてインドから運んだ。

面接官　原料は？

シャンカリ　あちこちから。ほとんどは無害な物質だ。むしろ問題はネクサスを構成する分子の種類が多いことだよ。六十三種類もの分子でできてる。自動合成装置は一個の科学反応器しか持たない。六十三回合成して、手作業で正確な配分になるように混合したんだ。

面接官　なるほど。話をソフトウェアにもどそう。

シャンカリ　ああ、いいぜ。とにかくそうやって信号を記録した。最初は手に負えなかった。複雑すぎた。マウス実験を続けて、投与量をぎりぎりまで減らしていった。最小限の投与量にするために脳に直接注入したりして、他のマウスとの混信を防ぎ、こっちも分析しやすくした。

面接官　期間は？

シャンカリ　ほぼ一年。毎晩帰るまえに投与して、一晩じゅう活動を記録した。結果は意味不明。信号はめちゃくちゃだった。混沌の海さ。ノードの位置情報もみつからなかった。

面接官　それで？

シャンカリ　それで……試行錯誤してやっとみつけた。ケイドが気づいたんだ。ノードは脳における自分の位置を知らない。脳のなかで他のノードとの相対位置を知っているだけだって。送ってくる位置情報の量は、まわりにどれだけノードがあるかによる。位置情報だけじゃない。ノードは自分がどの機能領域にいるかを知っていて、それも信号にふくめて送ってくる。驚いたよ。（首を振る）とにかく、ケイドがそれに気づいたら、あとはデータマイニングのツールがコードを解読してくれた。おかげで脳活動を見たり、任意の新しい活動をトリガーしたりできるようになった。

面接官　それがソフトウェアにどうつながるんだ？

シャンカリ　（指先で机を叩きながら）くだらない質問はやめろよ。コードを理解したら、信号中にデータを追加する余地があるのがわかる。未使用のビットがあるんだ。そこをいじりはじめた。ある日遊びで。
面接官　すると？
シャンカリ　すると……なんでもできた。送ったデータは格納できた。そのノードが信号を送ればいっしょにデータを取り出せるわけだ。特定の変更子をつけた信号を送ると、ノード間でデータをやりとりするのもわかった。それぞれの値を足したり引いたり。論理演算もできた。（黙って首を振る）いまだに愕然とするよ。
面接官　そのコードは引き渡してもらう。実験データもすべて。
シャンカリ　選択肢はないようだな。
面接官　とにかくネクサスに論理演算と四則演算をやらせられるようになったわけだ。それで？
シャンカリ　大きな進歩だった。命令セットがあり、データを動かせる。条件付き演算もできる。単純なコンピュータチップができることはほとんどできた。視覚中枢はディスプレイに、聴覚中枢はスピーカーに、運動中枢は入力に使えた。それどころか任意のソフトウェアを書きこむことだってできたんだ。
面接官　それをやったのか？　ネクサス・ノードで発見した命令セットの上にネクサスO

Sを書いたのか？

シャンカリ　（首を振る）そいつは大変すぎる。俺たちがやりたいのは神経科学であって、OS開発じゃないんだ。だから他のを移植した。

面接官　それは……？

シャンカリ　モッドOSだ。ソースコードは公開されてる。軽量なモジュール構造になってる。どんなハードウェアでも走り、最小限の命令セットで充分。だからそれを採用した。単純なコンパイラを使って、モッドOSを命令セットに変え、ネクサス・ノード群の上で走るようにした。

面接官　つまりネクサスOSの実態は、ネクサス・ノードをハードウェアとして動くモッドOSなのか。

シャンカリ　（うなずく）そうだ、そのとおり。

面接官　その上にさらにソフトウェア群を構築したんだな。

シャンカリ　（うなずく）そうだ。他のソフトウェアもいろいろ移植した。モッドOS上で動くやつはネクサス上でも動くようにコンパイルできる。自前で組んだソフトウェアもある。たとえば映像出力を視覚中枢に送るためのコードとか。神経科学的なまったく新しいソフトウェアも書いた。脳の特定の領域とのやりとりを簡単にするプログラム。つまりインターフェースだ。たとえばVRアプリのように姿勢を取りこんで、運動中枢に命じて体の各部を特定の位置へ動かす、なんてことができる。
面接官　そうやってチャベス捜査官が動けないようにしたのか。
シャンカリ　（うつむく）そうだ。ひどいやり方だよな（首を振る）。

（ネクサスOSについての話がさらに十七分間続く）

面接官　次の話題だ。きみと共犯者はきわめて強力なネクサス信号を発信し、しかもその強度が減退しない。薬の効きが弱まらない。これはどういうわけだ？
シャンカリ　脳内にネクサスを持てる上限は、精神的なものなんだ。神経細胞が発火すると、ネクサス・ノードも発火しようとする。整合性がないと、それらの一部は分解、排出される。そうやって時間をかけて脳はネクサス・ネットワークに順応していく。ネクサスとの整合性が増すほど、その最大量も増えるわけだ。
面接官　しかし強さが低下しないのはなぜだ？　すでに八時間以上たっている。普通なら体内からほとんど排出されているはずなのに。
シャンカリ　（首を振る）ネクサスは薬と呼ばれてるけど、実際はちがう。ナノマシンだ。酵素に分解されて排出されたりはしない。ネクサスは内部ロジックに命じられてはじめて自己分解する。適切な信号を送れば、まったく分解しないようにできるんだ。

（面接はさらに十八分間続く）

8　バックドア

技術ブリーフィングを終えたケイドは、ストレスで体が震えていた。疲労困憊の二時間だった。ランガンとともに構築したものを奥の奥まで吐かされた。言い逃れはきかなかった。嘘やごまかしはすぐにばれた。まあ、いずれわかることだが。

そのあと書類にサインさせられた。ＥＲＤの弁護士が立ち会い、証人として副署した。これで契約成立だ。ケイドは彼らのスパイとして働く。対価はだれも投獄されないこと。ケイドのミッションが続くかぎり、ランガンもイリヤも科学界にとどまれる。

ここに至って初めてワッツが逃亡したことを教えられた。ワッツは幸運だ。

看守に連れられて屋上に出た。ヘリポートにはＶＴＯＬ機がいた。翼の角度を変えてエンジンを空にむけ、垂直離陸の準備をしている。エンジンはすでにまわっている。

うながされてステップを上がり、機内にはいると、ランガンとイリヤが先に乗っていた。サンフランシスコまで同行してネクサスのコードを持ち帰る捜査官もいる。マイヤーズと名乗る捜査官は、エンジンの騒音のなかで言った。

「ベルトを締めろ。トイレは後部だ。飲み物のサービスは期待するな」

ケイドは着席してベルトをかけた。機外でエンジン音が高まり、やがて轟音に変わった。無言の彼らを乗せた機体はゆっくりと上昇し、市内の景色が見えるようになった。ケイドの窓は北むきらしい。主翼の陰に川が見えた。ポトマック川だろうか。遠くにワシントン記念塔と議会議事堂が見える。

エンジンと主翼はゆっくりと前へ倒れ、機体は垂直方向にくわえて水平方向にも進みはじめた。市内の眺めは遠ざかりはじめた。

ケイドはイリヤを見た。黙然としている。精神は傷つき、こわばっている。ランガンのようすは座席の背もたれにさえぎられて見えないが、苛立ちと自信喪失が伝わってくる。話したいが、マイヤーズに聞かれたくない。

ケイドは精神にもぐって、めあてのものをみつけた。モッドOSに組みこまれているチャットアプリだ。精神内のキーボードで言葉を入力し、テキストベースのチャットをランガンとイリヤへ送った。

［ケイド］こっちを見るな。話をしたい。

二人の驚きを感じた。このアプリの存在に初めて気づいたらしい。まもなくイリヤから反応があった。

［イリヤ］ええ、わたしも。

［ランガン］同意。

［ケイド］まず映画かなにか流せ。ヘッドホンをかけて。ランガン、きみからだ。

会話できてほっとした。二人の気分も多少やわらいだのがわかる。ランガンが前席の背面を操作した。続いてイリヤが自分のスクリーンに自然ドキュメンタリー映画を流しはじめた。

［ケイド］ワッツは逃げた。

［イリヤ］わたしも聞いた。

［ケイド］僕は取り引きを提案された。ネクサスを譲渡して、彼らの命じる仕事をやれば、だれも投獄しないそうだ。

［イリヤ］引き受けたのね。

［ケイド］そうだ。

［イリヤ］ネクサス5を譲り渡すなんて。

[ランガン] 終身刑とどっちがいいかって話だぞ。
[ケイド] しかもパーティの客も全員投獄される。
[イリヤ] 政府がネクサスを入手したらなにをすると思う? CIAは?

ケイドはイリヤの怒りを感じた。

[ケイド] そうだけど、彼らの手に渡るのは避けられない。研究室のドライブからにせよ、僕やランガンの部屋にあるバックアップからにせよ……。
[ランガン] そうさ。存在を知られた時点で手遅れだ。
[イリヤ] あなたは汚れ仕事をやらされるのよ。
[ケイド] たぶんね。でもできることが一つある。
[ランガン] なんだ?
[ケイド] 彼らに譲り渡すバージョンにバックドアをしこむんだ。
[ランガン] バックドアは全部知られてるぞ。
[ケイド] 新しくつくる。みつからないやつを。
[ランガン] どうやって?
[ケイド] 前期で読んだ論文を憶えてるか? トンプソン・ハックだよ。

ランガンがすぐに理解したのがわかった。

［ランガン］コンパイラに挿入させる手か……。バイナリにはある、でもソースにはない……。

［ケイド］さらにモッドOSのコンパイラからネクサス・コンパイラへ挿入させるようにすれば……。

［ランガン］ああ、そうだな……。時間あるか？　このフライトは何時間だ？

［イリヤ］五時間。それ、どういうハッキング？

ケイドは説明した。

ネクサスOSには二つの姿がある。まず人間に読めるソースコード。これはケイドもランガンも、プログラマーならだれでも読んで理解し、いじれる。もう一つはネクサス・ノードが理解できるバイナリ。0と1が連なる生の機械語で、人間が読んでいじるのは不可能に近い。

ソースコードとバイナリのあいだはコンパイラが仲介する。人間が読めるソースコードをネクサスが読めるバイナリに変換するプログラムだ。このコンパイラを使ってバックドアを挿入させようというのが、ケイドとランガンのアイデアだ。

コンパイラは走るたびにソースコードを調べて、この新しいバックドアの有無を確認する。バックドアがなければ、バイナリをつくるときに挿入する。バックドアの痕跡はバイナリにしかなく、それは人間にはほぼ読めない。

そしてコンパイラ自身にもおなじハッキング手法を使うのだ。コンパイラのソースコードにもバックドアを挿入するロジックはふくまない。コンパイラのバイナリのみに存在するようにする。ワークステーション版のモッドOSがコンパイラを再コンパイルするときに、このハックしたロジックが挿入される。

ランガンが考えこんでいるのが、ケイドにはわかった。心配している。ばれたときの代償を考えている。やがて決断した。

［ランガン］わかった。腹をくくった。やろうぜ。

ランガンとケイドは開発環境を立ち上げ、それぞれをリンクした。イリヤもこの環境にリンクして、バーチャルな肩ごしにのぞきはじめた。プランを検討し、タスクを分ける。おおまかなアイデアから綿密な作業リストをつくっていった。

プランができたら作業にかかった。最初はハイペースで進行する。バックドアは既存のオーバーライドをそっくり持ってきて、パスワードだけを変えた。コンパイラのコードは骨格だけのシンプルなものだ。しかしコードを書いていくといくつかバグが出た。それぞれ厄介なものだ。何度も時計を確認した。刻々と時間はすぎていく。原因がわかりさえすれば直すのは早いのだが。二時間が経過した。バックドアの一つがメモリをリークしていた。なぜだ？　既存のバックドアをコピーしたコードなのに。やっと理由がわかった。今度の修正は長くかかった。三時間がたった。

四時間がかりでバックドアは機能するようになり、ネクサス・コンパイラもうまく挿入できるようになった。ランガンは難読化のフラグを使い、コンパイラがこのバックドアのコードをできるだけ分散させるようにした。バイナリのなかでも無関係で無害な命令に見え、リバースエンジニアリングはより困難になる。次はワークステーションのコンパイラを書き換えて、バックドアのコードをネクサス・コンパイラに書きこませなくてはならない。これはランガンが担当した。

ケイドは第二段階に集中した。バックドアを使ったときにネクサスOSが走っている当人に気づかれないようにすることだ。これは隠しプロセスに頼るしかない。モッドOSも一定の形でそれを持っている。理屈は単純だが、細部が複雑だ。

モッドOSの使ったことのないコードをごっそり切り取って、ネクサスOSにいれた。

バックドアは隠し管理者アカウントに接続するようにした。これで用はたりる。ログインしていることは他からわからない。これでいい。あとはメモリ使用をどうやって隠すかだ。まずい。耳の奥がおかしくなった。もうすぐ着陸する。窓の外を見た。くそ、サンフランシスコ国際空港だ。大学のすぐそば。空港から研究室までどれくらいだろう。二十分か、二十五分か。ランガンは作業を終えている。ケイドの仕上げがまだだ。

メモリ使用を隠すにはどうすればいい？　方法が思いつかない。放置するしかないか。他にみつかりそうな部分はあるだろうか。考えろ。ログファイルは全部まとめただろうか。ネットワーク痕跡は？　これを隠すのは難しい。放置せざるをえない。

ふたたび窓の外を見る。地面が近づいてくる。声に出さずに悪態をついたところで、冷静さをとりもどした。くそ、静かにしろ。落ち着け。よし。

改変したネクサスOSをコンパイルした。ごく基本的なテストしかできない。コンパイル中……コンパイル中……終了。シミュレータでストレスをかけてみた。クラッシュするだろうか？　とりあえずは大丈夫。メモリリークは？　目立つほどではない。バックドアは使えるか？　うまくいった。プロセスを自分からも隠せるか……計測中……計測中。うまくいきそうだ。じかにデータマイニングされても耐えられるか？　これはわからない。

テストの途中で着陸装置のタイヤが滑走路を叩いた。くそ。

［ケイド］まだやってる。ごまかしてくれ。

［ランガン］まかせろ。


ケイドは作業にもどった。やれるはずだ。まにあう。

機内の気圧が変わった。ドアが開いた。


［イリヤ］顔を上げて。いまだけ現実世界を見て。


マイヤーズが立ち上がった。

「よし、全員降りて車に乗れ」

ケイドは窓の外を見た。黒いSUVが横づけされ、隣に黒いスーツの大男が立っている。

くそ。ケイドは座席から立った。コードが呼んでいる。変更すべきところにフラグを立ててある。くそ、どのファイルだったか。マイヤーズがやってきた。じっと見ている。ケイドは息を呑んだ。気づかれたのか？　ERDの捜査官は立ち止まった。

「来い。移動だ」

マイヤーズは通路とケイドの後部のドアをしめした。

ケイドはまばたきした。移動か。そうだ。機外へ降りるのだ。無言でむきなおり、通路に出て、ランガンのあとから階段を下りた。

マイヤーズの存在を背後に感じる。その太い手が肩にかかるのを想像する。ＥＲＤ捜査官の不吉な声が、「われわれをだまそうとしても無駄だ」と言うのを想像する。

ケイドはつまずいてころびそうになった。マイヤーズにうしろから腕をつかまれる。

「足もとに気をつけろよ」

くそ。落ち着け。深呼吸だ。ゆっくり。

ＳＵＶの三列目シートに乗せられた。マイヤーズは三人が乗った後部のドアを閉め、自分は助手席に乗った。


［イリヤ］もういいわ。わたしたちでごまかす。


イリヤは声に出して話しはじめた。

「わたしの車はシモニー飛行場におきっぱなしなの。取りにいけるかしら」

「用がすんだらルイス捜査官が乗せていく」

ランガンも言った。

「俺も乗せていってほしいところがあるんだ。鍵はたぶん格納庫のバッグのなか。まだあるかな……」

などとしゃべりつづける。

ケイドは作業に集中した。くそ。ストレスシミュレータにかけた新しいネクサスOSは七分でクラッシュした。ちくしょう。実行過程を記録したスタックトレースを調べる。クラッシュの原因はなんだ？　モッドOSの標準的なコードを再起動しただけなのに。ああ、これか。雑なハックのせいでログが全部止まっていた。なにかがログファイルに依存していたのだろう。

まちがいない。ログファイルへのアクセスによるクラッシュだ。よし。ではどうするか。手作業で空のログファイルをつくり、もう一度シミュレータにかけた。またクラッシュ。なるほど。空のログファイルではだめだと。偽のエントリをいれたログファイルではどうか。

つい窓の外に目をやってしまった。海ぞいのベイショア・フリーウェイを走っている。サウスサンフランシスコ方面へ北上している。もう半分くらい来ているだろう。集中しろ、ケイド。集中だ。

自分のネクサスのおなじところのログファイルからランダムな行をコピーして、適当な場所に貼りつけた。シミュレータを動かそうとしてみると、くそ、クラッシュした時点のままになっている。巻き戻し、ログファイルをいれ、偽のエントリを書きこんで、ストレスシミュレータを走らせた。一秒経過……三秒……十秒……。クラッシュしない。息を詰めていたケイドは理解した。うまくいったのだ。

ランガンとイリヤは声を大きくしてしゃべりつづけている。ケイドは独り言でも言っていたのか。また窓の外に目をやる。すでにサンフランシスコ湾は見えない。このへんはポトレロヒルか。まずい。もうすぐじゃないか。

ストレスシミュレータを走らせつづけた。できたコードをコンパイラの隠し挿入エリアにコピーしなくてはならない。よし、はいった。テストしよう。挿入エリアを使ってコンパイラを動かす。ファイルサイズがおなじかどうか。コンパイル中……コンパイル中……。くそ、苛々する。フリーウェイがカーブにかかる。外にはサウスオブマーケットが見えている。まずい。もうすぐ出口だ。

コンパイル終了。サイズは同一。よかった、ちょっとした奇跡だ。ケイドはコードをランガンに投げた。上流にあるコンパイラのコンパイラに挿入させるのだ。ランガンが作業にかかり、イリヤが話しつづけた。車はデュボス・アベニューにはいり、マーケット・ストリートに曲がった。すでにサンフランシスコのダウンタウン。研究室まで三キロメートルくらいだろう。

次にやるべきことはなんだ？　そうだ、ソースマネジメントだ。偽装しなくては。これらの変更が過去になされていたように、ソースマネジメントシステムをだます作業をした。運転手は十七丁目で曲がって西へ、ＵＣＳＦのキャンパスへむかった。

よし、ログの変更は偽装した。履歴も偽装した。ファイル変更も偽装した。車は右折し、左折した。

ランガンの作業が終わった。ケイドはそれを統合した。車はすでにパルナサス・アベニュー。研究室まで数ブロックだ。

前方でパトカーの赤色灯が点滅していた。SUVは奇妙なところへ曲がりこんで、研究棟の裏口につけた。

［ランガン］俺がマシンを起動してやつの注意をしばらく惹きつけるから、そのあいだにファイルをコピーしろ。いいな？

ケイドは思わずうなずいた。ばか、やめろと自分を叱る。

他に忘れていることは？

「着いたぞ」マイヤーズが言った。「さっき火災報知器を鳴らした。二十分くらいは無人になる」

マイヤーズは降りて後部のドアを開けた。通用口だ。

［ケイド］二重チェックする。このままごまかしてくれ。

イリヤは研究室の備品と火元の安全性と消防署の対応時間についておしゃべりしはじめた。ランガンはケイドの腕を引いてドアのところへ引っぱってきた。なにか忘れている気がする。なんだろう。

そうだ。モッドOSの分岐ソースツリーだ。モッドOSのコンパイラを修正したことがそこにあらわれる。ファイル名と履歴と日付をいじらなくては……。

光の加減が変わった。エレベータに乗ったのだ。体の移動はランガンにあずけている。額に玉の汗が浮かんでいる気がする。マイヤーズが見ているか。もう一人のルイス捜査官が見ているか。

ソースツリーの変更は簡単な方法でやった。新しいモッドOSのバイナリをツリーに貼りつけて、最新のアーカイブバージョンを取得し、日付を三カ月前に書き換えた。

エレベータのドアが開いた。ケイドは汗だくになっていた。

ランガンがサーバーを立ち上げたら、すぐにこの新しいファイルをコピーしなくてはならない。捜査官に気づかれないように短時間でやる。そのあとサーバーのファイル変更の日付を書き換える。

最速でコピーするには帯域を空けなくてはいけない。頭のなかで走っているアプリを調べて、帯域を使いそうなものを終了させていった。開発環境を終了。シミュレータとストレステストを終了。自分が常駐させているものもできるだけ終了させた。〈ドン・ファン〉と〈ピーター・ノース〉用の身体インターフェースも停止した。これで充分だろうか。

ビープ音が聞こえ、外の世界に注意をもどした。研究室のドアのロックを、マイヤーズが自分のカードキーで解除したところだった。政府職員め。

「マシンはどこだ?」

「あの隅だよ」ランガンが答えた。「すぐに起動して、データを全部コピーするから」

「必要ない。マシンごと持っていく」マイヤーズが言った。

ケイドはぎょっとした。なんだって!

ランガンは落ち着いている。

マイヤーズは目を細くしてランガンを見た。ケイドは息を詰めた。

「全部ほしいんだろう?」

「全部だ」とマイヤーズ。

「だったら起動しないとだめだ。最新の実験結果を研究室のサーバーからダウンロードしなくちゃならないし、シモニー飛行場からもデータを一部回収する必要がある」

マイヤーズは眉をひそめた。

まずい、墓穴を掘ったぞとケイドは思った。

するとイリヤが口を開いた。やや緊張した声でやるべき役を演じている。

「ちょっと、ランガン、なぜそこまで協力的なのよ」

ランガンは言い返した。

「うるさいな、イリヤ。友人たちが投獄されないためだろう?」

「黙れ、二人とも」マイヤーズが言った。「あと十七分だ。シャンカリ、さっさとやれ」

「わかった」

ランガンは一行をワークステーションのまえに案内した。コントロールパネルにさわると、電源がはいった。

ケイドはその隣に立ち、机のペンを手に持った。そわそわしないようにつとめる。

画面に起動シーケンスが流れるのを見ながら、頭のなかでサーバー内を調べた。基板プリンターを動かすためのネクサス・データ転送カードがある。緑の点滅。使用できるデバイスのリストを頭のなかで更新した。なぜ出てこない。どこだ?どこだ?

画面にログインメッセージが出た。モッドOSへようこそ。認証してください。

よし。SanchezLab018が頭のなかでオンラインになった。フォルダー・ツリーをたどる。あった。コピー開始。

ランガンは最初のパスワード入力を失敗した。頭を振るが、二回目も失敗。低く毒づく。

「ごめん……緊張してて」

10パーセント終了

マイヤーズが太い手をランガンの肩にかけた。

「落ち着いてやれ。小賢しい真似はするな。立場を考えろ」

ケイドはマシンにはいって管理者権限をとった。コピーが完了したらファイルの日時スタンプを書き換えるのだ。

25パーセント終了

ランガンはうなずいた。三回目のパスワード入力でようやくはいれた。

「よし。研究室の実験ディレクトリを調べる」

ランガンはフォルダを次々と見ていった。しかしケイドは、そのディレクトリは最新であることを知っている。

40パーセント終了

「あ、ここが古い」ランガンは嘘をついて、データを再コピーするコマンドを打った。

「これでいい」

マイヤーズは無表情だ。

「あと十四分。まだきみたちの冷蔵庫からネクサスの薬瓶を回収する仕事も残ってるぞ」

50パーセント終了

ランガンはうなずいた。

「よし。じゃあ、昨夜のデータを引きだそう……」

ウィンドウを開き、ファイアウォールに小さな穴をあけて、シモニー飛行場につなぐ。

ログファイルを転送しはじめた。

60パーセント終了

「一、二分で終わるはずだ」ランガンは説明した。

実際に百八秒かかった。

80パーセント終了

「次はドキュメントのコピー」ランガンは言った。

マイヤーズが眉をひそめた。なにか言いたげな顔だ。

イリヤが時間稼ぎのために割りこんだ。

「ちょっと、そこまでしてやることないでしょう?」

「うるさいな、イリヤ。もう負けは決まってるんだ」

「もういい、二人とも」マイヤーズが言った。「電源を落とせ、シャンカリ。いますぐ」

コピーの進行状況は91パーセントだ。くそ、くそ、くそ。改竄しようとしているのがばれたのか。

ランガンは反論しようとした。それをマイヤーズは手を挙げて制した。

「ちょっと待て」

マイヤーズは右耳に手をやってイヤホンをいれ、彼らから目をそらした。だれかからの話を聞いているらしい。

ケイドは息を詰めた。

96パーセント終了
98パーセント終了

ケイドは詰めていた息を吐いた。ペンでせわしなく机を叩く。マイヤーズがうるさそうに眉をひそめてこちらを見て、半分踏み出そうとする。

100パーセント終了

ケイドは精神のターミナルウィンドウに飛びついて、ファイルの日時スタンプを変更しはじめた。

一件完了、二件完了……。

マイヤーズが耳から手を離して、こちらにむいた。

「落とせと言っただろう。すぐにやれ」

三件目がまだだ……。

ランガンがぎくりとしてうなずき、シャットダウンのコマンドをいれた。

ウィンドウが次々に閉じていく。最後のスタンプ変更……。ケイドは頭のなかのターミナル・ウィンドウでエンターを叩き、コマンドを走らせた。急げ、急げ、急げ……。

コマンド完了。

次の瞬間、ターミナル・ウィンドウはまたたいて消えた。

セッションはホストから切り離されました。

一瞬のちにはSanchezLab018の仮想ドライブも消えた。画面にはシャットダウン完了の画像が出た。

ケイドは達成感で叫びたくなった。やりきった。

「こいつを車へ運べ」

マイヤーズはルイスに指示した。捜査官はケーブル類を抜いて装置をまとめはじめた。

「さて、次はきみたちのネクサスの在庫回収だ」

十分後に一行は外に出た。終わった。すべてマイヤーズの手に渡った。ほぼすべて、だが。

ウォレン・ベッカーはネクサス技術ブリーフィングの記録を三人分、読みおえた。慄然とした。強制支配技術としての悪用の危険は大きい。奴隷化。売春。いくらでもある。自分の娘たちが頭に浮かんだ。二人ともまだ十代だ。過去に現場任務で見たことや、一部の人間がやる恐ろしい行為も。あえて頭から追い払った。

地政学的にも大きな影響がある。遠隔地からの暗殺。政敵の排除。中国好みの行為が箇単にできるようになる。この技術は絶対に拡散させてはならない。

あきらかになった事実と危険の概要を口述し、最高機密のラベルを付して、ERD、国土安全保障省、FBI、CIA、国務省、ペンタゴンの主要な人々に送った。

端末でべつのファイルを開き、内容に目を通した。

〝大統領令五九四号、制御不能な非人類知性の禁止と排除。シナリオ7c――集合知性〟

ベッカーはしばらくじっとその項目を見た。ネクサスはボーグを可能にするのだろうか。イリヤナ・アレクサンダーは可能だと聞き取り調査で述べていた。ベッカーはその可能性について新たなメモを口述し、指揮命令系統の上位者であるホワイトハウスに送った。自分の立場で判断できることではない。

時間を見る。日曜夜の九時。クレアが怒っているだろう。身のまわりのものをまとめてドアの外へ出た。部屋は自動的に消灯し、施錠される。

ホルツマンのオフィスにはまだ明かりがともっていた。のぞいてみると、ホルツマンは端末で作業中だ。

「マーティン、もう遅い時間だぞ」

ホルツマンはちらりとベッカーを見た。

「あなたも。クレアと二人の娘さんが家で待っているでしょう」

ベッカーは苦笑いをして、ブリーフケースを持ち上げてみせた。

「帰るところだ。ネクサス5の危険度をどう思う？」

ホルツマンは肩をすくめた。

「もしネクサス5が外部に出たら、それこそ燎原の火のように広がるでしょうな。恒久的に統合するということは、使用者が一回分を入手するだけで効果が生涯続く。となると供給側を叩いても勝ちめはない」

ベッカーは陰気にうなずいた。資金も人手もたりない。戦いは年々きびしくなっていく。

「そしていくらでも悪用できる」

「問題はそういうことではありません」ホルツマンが答えた。

「では、どういうことが問題だ？」ベッカーは眉を上げた。

ホルツマンはため息をついた。

「いくらでも用途があるということです。あらゆる使い方が考案されるでしょう。通信、娯楽、精神衛生、教育。可能性は無限大。需要は膨大です」

ベッカーは目を細めた。

「マーティン、これは複数の面であきらかに違法だ。強制支配技術としての可能性がいい例だ。中国でおなじみの人権侵害で……」

ホルツマンは手を振った。

「もちろんそうです。悪い面はいろいろある。そしていい面もある」眉をひそめて、「わたしがERDに来たのはそんなことのためではありません」

ベッカーは首を振った。

「マーティン、きみの不満はわかる。しかし現実を見ろ。トランスヒューマンの可能性が示唆されるだけでも……」

ホルツマンは顔をしかめた。

「トランスヒューマンがそれほど悪いことでしょうか。頭がよくなるのが？　他の精神とふれあえることが？　規制するのが正しいかどうか」

ベッカーは凝然となった。ホルツマンは本気で言っているのか。ベッカーはゆっくり、慎重に言った。

「マーティン、きみは疲れているんだ。もう帰ったほうがいい。アンがよろこぶだろう」

ベッカーは背をむけて静かに去った。残されたホルツマンは端末のまえで考えこんだ。

9　訓練の日々

ＥＲＤのミッションにむけたケイドの訓練はすぐにはじまった。

月曜夜に健康科学棟の三〇〇四号教室に来るよう指示された。そこでトレーナーのケビン・ナカムラに初めて会った。ナカムラは四十代で、灰色のもみあげに引き締まった体、謹厳な性格だった。ナカムラは現在ＣＩＡに所属しているが、古巣のＥＲＤのために臨時でトレーナーを引き受けているのだという。

バンコクでの国際神経科学学会《ＩＳＦＮ》の会議まで八週間、毎晩訓練をすることになった。ナカムラはケイドに冷静さを教えた。嘘を気づかれないためだ。朱水暎《ジュウ・スイイン》との会話で想定されるさまざまなシナリオを練習し、それぞれの場合の対応を検討した。偽の人格をケイドの記憶に埋めこみ、必要なときに呼び出す練習もした。

訓練の多くはＶＲゴーグルとヘッドホンを使った。小型のストレス計測器で体の反応も測った。バーチャルの朱《ジュウ》がバーチャルの会話をケイドとかわす。会話の流れしだいで嘘をつく。ＥＲＤの任務や連絡については隠さねばならなかった。

嘘をつくたびにストレス計測器に反応が出た。

「だんだんうまくなるはずだ」ナカムラは言った。

一回目のセッションの後半は、偽の経歴を記憶に植えこむことだった。これは霞がかかったような経験で、よく憶えていない。ナカムラからなにかを注射された。眠くならない催眠薬のようなもので、世界が夢のようにあいまいになった。ゴーグルから見え、ヘッドホンから聞こえたことは断片的な記憶しか残らない。

セッションが終わるとケイドはぐったりし、精神的に疲れきった。アパートメントにもどってベッドに倒れこみ、十時間眠った。

毎晩そのくりかえしだった。

ケイドが訓練に明け暮れるあいだ、ランガンは考えこんでいた。

ある日二人は研究室を休んで、ゴールデンゲートパークへ行った。イリヤも連れていった。ケイドは本音を話す機会を得て、ERDの技術ブリーフィングで聞いたことを残らず明かした。また命じられたミッションについても話した。ランガンも、ERDの独房で想像を絶する苦痛の実験台にされたことをケイドとイリヤに話した。

ランガンは怒っていた。反撃したい。ERDから身を守る手段を三人とも持つべきだ。武器が必要だ。重要なことだとランガンは主張した。ケイドがミッションに出るなら無防備ではいけない。

ＩＳＦＮの本会とそのあとの非公開ワークショップへの招待状は、二週間後に届いた。ケイドの指導教授はよろこんだ。世界的な人物から研究が注目されているのだ。ケイドは驚き、よろこぶふりをした。しかし内心は恐れと不快でいっぱいだった。

訓練は続いた。偽の記憶や対抗記憶を呼び出すためのマントラの使い方も憶えた。あの夜のパーティはノイズを言い訳にして打ち切った。ＥＲＤとの遭遇はどうだったのか。思い出そうとすると奇妙な感じがした。さまざまな精神状態に揺れ動くのだ。そこからケイドは疑心暗鬼におちいり、不安になった。本来の記憶もこんなふうに書き換えられているのではないか。確実な記憶といえるのか。ＥＲＤに拘束されているあいだに他になにかあったのではないか。記憶を消されているのではないか。その封印をマントラで解けるのではないか。別人格に変わってしまうマントラがあるのではないか。

「よくあることだ」ナカムラは言った。「この訓練中にはだれでも自分の記憶を疑うようになる」

それでも安心できなかった。

土曜日は、訓練のあとに〈メフィストフェレス・クラブ〉へ行った。ランガンがギグをやるのだ。ケイドはＤＪブースがよく見える席についた。ランガンは元気がなかった。音楽も普段より重い。いつものランガンなら土曜の夜はフラッシュコアやエレメンタルをかける。エネルギッシュでドライブ感があって体が動くやつだ。しかし今夜のセットリストはブラックビートに近い。重くてハードでダーク。いつもより踊っている客が少ない。

日曜の夜の訓練ではナカムラから、記憶の植えこみは順調だが、他のところの進捗がよくないと言われた。やはり嘘がどうしても下手らしい。緊張してしまう。緊張するとセンサーが反応する。

「この訓練は必要なんですか？」ケイドは訊いた。

「朱水暎《ジュウ・スイイン》は桁はずれの知性の持ち主だ。身辺には特殊部隊出身の精鋭のボディガードがついている。最先端の技術も使える。きみは完璧な嘘をつかないと感づかれるだろう」

翌週も続けたが、だめだった。木曜日にナカムラは言った。

「また脈拍が上がった。瞳孔も開いている。このまま進歩がなければ、薬に頼るしかない。不安をなんとかして隠さないと」

薬？　それならべつの方法が……。

その夜はベッドですぐに眠ることはせず、ネクサスＯＳ用の新しいアプリを構想した。朱水暎《ジュウ・スイイン》のまえで精神状態を制御するツールだ。不安の信号が側頭葉の扁桃体に伝わらないようにすればいい。セロトニンを増やし、ノルアドレナリンを抑制して……呼吸数と脈拍をじかに調節すれば……いわば明鏡止水の境地に到達できるはずだ。理屈のうえではシンプルだ。しかし情動をそこまで深く操作するのは抵抗がある。慎重なうえにも慎重にやらなくては……。

ケイドは目を閉じ、内面世界にはいった。開発環境を立ち上げると、内的視野にウィンドウがいくつも開く。新プロジェクトだ。明鏡止水パッケージ。忙しいぞ。

数週間がすぎた。ナカムラとの訓練で多少の進歩はあったが、充分ではなかった。ケイドは明鏡止水パッケージの開発を続けていた。もうすぐ完成する。

四週目の終わりに、ランガンが用があるとやってきた。いかにもうれしそうだ。研究の破綻以来、これほど笑顔のランガンは初めて見る。

[ランガン] 驚くなよ。

[ケイド] なんだよ。見せてみろ。

ファイル転送のリクエストがケイドの精神内で点滅した。受けいれると、二つのファイルが送られてきた。一つはソースコード。もう一つはアプリだ。内容は見当もつかない。しかし名前を見て嫌な予感がした。〈ブルース・リー〉って、まさか……。

［ランガン］じゃあ、アプリを起動しろ。まだボタンを押すなよ。

ケイドは内心でうめいた。ランガンは以前からこういうアプリを構想していた。ほんとにやるとは。

［ケイド］白兵戦を現実にやる機会はないと思うけど……。
［ランガン］なにを言ってる。おまえはスパイなんだぞ。戦闘技術は必要さ。
［ケイド］でも筋肉はないし、持久力も……。
［ランガン］いいから、アプリを起動しろ。

ケイドはため息をついて、アプリの起動操作をした。すると視野がにぎやかになった。ターゲットマーカーの円と、攻撃と防御のボタン。自動モードと手動モードの切り替えスイッチや、自動モードのＡＩを攻撃優先にするか防御優先にするかのスライダー。

［ランガン］ゲームエンジンは先月公開された『ニンジャの拳』をクラックして持ってきた。標準的なＶＲの身体形状と動作ベクトルを設定してる。おまえのネクサスの身体インターフェースをつなげばいいだけだ。

［ケイド］ええと……ランガン、ありがたいけど、でも……。

［ランガン］まだ感謝するのは早いぞ！　きっとボタンを押すのを面倒くさがると思ったから、ターゲットをクリックするだけでいいようにした。あとは内部のオブジェクトリストを使って敵を自動追尾する……。ようするに攻撃を命令するだけでいい。このスライダーで攻撃と防御のどちらを優先するかを調節できる。ここを押せば好きなときにポーズをかけられる。すごいだろ？


やれやれ、なんの話だ。


［ケイド］ああ、すごいな。たしかに。とにかくありが――

［ランガン］そうか。まだ信用できないようだな。大丈夫。これを使ってだれかのケツを蹴り飛ばせ。そうすれば俺に感謝するようになるはずだ。

［ケイド］そう……かな。

［ランガン］よし。ジムへ行って試そう。


一時間後、二人はよろよろとジムから出てきた。ケイドは全身が痛かった。体は練習用のサンドバッグ相手にものすごい勢いでパンチやキックをくりだした。その多くは現実世界の敵より本人にダメージがきそうだった。おかげで指の付け根は血だらけ。右手首と左足首はずきずきと痛む。アプリの〈ブルース・リー〉が、この体に耐えられる限度以上の力でサンドバッグを攻撃したせいだ。それどころかターゲットシステムがサンドバッグではなく壁を標的と誤認したときには……。

ランガンは大笑いして、バグの修正を約束した。ケイドは無言で痛みに耐えた。

10 変化

ワトソン・コールは岩にすわって太平洋を眺めていた。寂寞とした美しい場所だ。五十キロほど北にはトドスサントスの小さな町がある。ビーチならそこがいい。砂が多く、岩は少ない。観光客はマルガリータを飲みながら日光浴をし、コボサンルカスの雑踏から離れたひなびた楽園を楽しめる。

そのコボの市街からさらに南へ下ったここでは、ビーチは岩だらけで狭い。波は岩と茶色のささやかな砂に強く打ちつける。陸は丈の低い硬い草がまだらにはえているだけ。観光客があえて来るところではない。

ここの隠れ家には二晩前にたどり着いた。緊迫の逃避行だった。擬装用コンタクトと顔貌変形ツールで国境のバイオメトリクス機器をごまかせたが、体格は隠しようがない。基本的に目立つタイプだ。もしERDが人間の目に頼る情報収集をしていたら……。とにかく、無事に切り抜けた。

毎朝、悪夢で目覚めた。理想主義的な検察官だったアルマン。不正を働いた悪い甥をやむなく処罰したせいで、報復として自宅の家族を殺された。テミル。いもしない反政府兵を探しにきた軍隊に村を焼かれ、絶望していた。

そしてルナラ。彼女の夢が多い。その命の最後の日々……。ルナラのことがなければ、いま逃亡者にはなっていなかっただろう。この波のむこうのどこかにいたはずだ。おそらく中央アジアだ。軍事顧問あるいは特殊部隊の隊員として、反政府勢力の鎮圧に駆けまわり、勲章をもらっていただろう。それとも士官候補生の学校にはいっていたか。

しかし現実にはお尋ね者になっている。

悔いはない。みずから選んだ道だ。カザフスタンの山岳地帯で捕虜になったのは最大の幸運だった。もちろん楽な経験ではなかった。人生でもっとも苦痛と混乱と困難に満ちた六カ月だった。しかしおかげで目を開かされた。そして一度開いた目はもう閉じない。

もう一つの砂浜に思いをはせる。砂浜というより砂漠。死んだアラル海の遺骨だ。かつて豊かな水があった砂の大地。ロシア人は北方の農地を灌漑するためにこの内海を干上がらせた。ヌルザンは、捕虜生活で転向したワッツを連れて、その砂の上をどこまでも歩いた。

「ソビエトに搾取されてこのざまさ」地質学者のヌルザンは言った。「その仕上げにきみたちアメリカ人がやってきた」苦々しく強く笑った。「共産主義も資本主義もおなじだ。強国は資源をほしがる。水。天然ガス。ウラン。強国はそれをみつけ、手を伸ばし、すくいとる。その過程でだれを踏みつぶそうと気にしない。独裁国家も民主国家もおなじだ。きみが信奉する民主主義だってわれわれを一顧だにしない。人はみな平等なはずだろう。譲渡できない権利を持っているはずだ。住む場所が離れていればそのかぎりではないのか？　きみたちアメリカ人はイギリスの国王と戦って追い払った。独裁者だったからだ。われわれだっておなじさ。独裁者と戦って追い払うよ。きみたちが異論を唱えても」

異論はないと、ワッツは思った。悪かった、ヌルザン。しかしきみはやらないだろう。これまでもやらなかった。

あれから二年たつ。みんな死んでしまってから。

ワッツは海へ石を投げた。もう引き返せない。進むだけだ。

捕虜生活から救出されてみると、世界は一変していた。反政府勢力は討伐されていた。アルマトイの〝大統領〟が権力を握っていた。パイプラインを天然ガスが流れ、ウラン鉱山は活気づいていた。アメリカは中国と国境を接する同盟国を新たに手にいれ、封じ込め政策を前進させていた。

ワッツの体の身体強化技術が癌を発生させることもわかった。捕虜だった数カ月のあいだに発見されていた。

もちろん、すぐにどうこうという話ではない。ゲノムの不安定化はほんのわずかだ。ウイルスは特定の遺伝子を細胞に追加して、筋肉量、骨密度、神経伝達速度、その他を強化している。しかしウイルスの仕事に一分の瑕疵もないわけではない。数百万回に一回くらいの割合で、まちがった場所に新規遺伝子が挿入される。それによって細胞の他のところにある遺伝的命令セットが混乱する。めったにないことだ。たいしたことではない。しかし……遺伝的混乱はしだいに蓄積する。やがて腫瘍ができる。四十歳か、遅くとも四十五歳までに。以後は……現代医学による癌治療の出番だ。ガンマ線で腫瘍を焼く。あるいは標的型ウイルスで癌細胞を再プログラムする。あるいは血管形成抑制剤で癌を壊死させる。それなりの生存率はある。一年。五年。十年。いつ発見されるか、どこに癌ができるか、強力な療法への反応がどうか。多くの要因で変わってくる。

ワッツよりまえに訴訟をちらつかせた者がいた。表ざたにするぞと。海兵隊にとっては耐えがたいことだ。そこで強化パッケージを導入した全員に解決金が内々に支払われた。その金でワッツは、たとえば生まれ故郷のハイチに帰って王侯貴族並みの——おそらく短い——余生を送ることもできる。あるいは合衆国にとどまって活動家として生きることもできる。この目で見た戦争について語るのだ。仲間たちが血を流し、倒れ、殺されたのは、殺し屋を守るためだった。テミルの言い方にしたがえば、〝盗人でレイピストで殺人者の〟政府を保護するためだったと。教育を受けるという道もある。じっと待ち、希望を持ち、検査を受け、治療法がみつかることを祈りつづけるわけだ。

ワッツはまた石を海へ投げた。

あるいは新たな身分を買い、なにもないこの場所に隠れ家を買うこともできる。金はそれくらいある。

これからどうする?

もうアメリカに帰っても家はない。養父は反戦活動家となった息子を勘当した。ワッツはあからさまに主張しすぎた。アメリカの麻薬戦争が麻薬王を生み、彼らがハイチをめちゃくちゃにしたと。カザフスタンでの戦争は独裁者を擁護していると。そんな息子をフランク・コールは認めなかった。

ハイチに帰るか。生まれ故郷に。そこにも捜査の手は伸びるだろう。では他の国へ行ってささやかで快適な暮らしを築くのは可能だろうか。このメキシコで貯金を食いつぶしながら癌に命を取られる日を待つか。

有意義なことをしたかった。大きなことを。テミル、ヌルザン、ルナラ……。彼らは命がけでなにかを教えてくれた。それを役立てたい。まだ終わりではない。

カボで買った安価な使い捨て電話が通知音を鳴らした。見ると、データマイニングのツールがなにかをみつけていた。ケイドについて新規の言及がネット上にいくつかある。これはめずらしい。データマイニングをはじめて以来、ランガンの出演するイベントや音楽について数十件、イリヤの論文について数百件のヒットがあったが、ケイドについてはなにもなかったのだ。

開いてみた。会議のリストだ。バンコクで開催される国際神経科学学会。ケイデン・レインがおこなうポスター発表の概要。ケイド自身のタイ出張についての発言はなかった。

バンコク。悪徳都市。現代のバビロン。寺院と娼婦の都市。ミャンマーに派遣されていた二年間に何度か愉快な慰労休暇をすごしたことがある。バンコクではなんでも買える。贅肉も、幻想も、薬物も。

武器も。

罠だとしたら完璧だ。ワッツはかならず引っかかると思うだろう。この都市は物騒な裏通りまで知っている。タイ語も多少なりと話せる。自分なら現地に乗りこみ、ケイドを発見し、解放できる。

ケイドを解放すれば……ネクサス5の命脈はたもたれる。いつか世に出ると期待できる。世に出れば……人間は変わる。ワッツが変わったように。ネクサスを通じて他人の精神と接触した経験が彼を変えたのだ。

選択の余地はない。たとえケイドからふたたび拒絶されても。たとえ罠だとしても。開かれた目で乗りこむ。どうせ余命は長くない。死んだも同然の体だ。

死ぬために生まれてくるのが人間だとだれかが言っていた。重要なのは限られた時間をどう使うかだ。

俺は世界を変えるために使おうと、ワッツは思った。養子として国籍を得た国の目を開かせるために。テミル、ヌルザン、ルナラ、その他の人々がくれた贈り物に報いるために。

最後の石を海に投げた。行こう。七週間ある。

ワトソン・コールは立ち上がり、行動しはじめた。


サムは執行部部長代理ウォレン・ベッカーをオフィスの外で待っていた。怒っていた。本当は歩きまわりたい。しかし鋼の意思で肉体を抑え、控え室のすわり心地の悪い椅子の上で微動だにしなかった。背筋をぴんと伸ばし、両手を膝におく。冷静な顔の裏で、はらわたは煮えくりかえっていた。こんな指示があっていいわけがない。

ドアが開き、まえの順番の面会者が出てきた。政策部門のだれかだ。つかのま目があったが、すぐにそらした。

「はいりたまえ、サム」

ベッカーがドアのむこうから呼んだ。

サムは深呼吸すると、秘書を無視して大股にオフィスにはいった。ベッカーは大きなマホガニー材の机のむこうだ。DHSとERDの二つの紋章を背負っている。

「用件を聞こう」

「部長代理、ホルツマン博士からラボへ来る日時を指示されました。ネクサス5を投与し、恒久的に統合させるとのことです。部長代理の命令だそうですね」

「そうだ。わたしの命令だ」

サムは両脇で拳を握り締めた。

「部長代理、それはよくありません。とてもよくない」

「そうか」

「作戦中にリスクを承知でネクサスを試すのはしかたないでしょう。しかし数週間、もしかしたら数ヵ月もネクサスを脳にいれたままにするという博士の方法は……やりすぎです」

「サム、今回はミッションのため、場合によってはそれ以上の理由から重要なのだ」

「どういうことでしょうか」

ベッカーは指を折ってかぞえはじめた。

「一つ。これを経験しておけば、ネクサスを使っている相手と精神接触したさいに正体を隠しやすい」

「そのために催眠記憶埋植があるでしょう」サムは反論した。

「……前回の現場ではうまく機能しなかったな」ベッカーは指摘した。

「今度はうまくやります。準備しておきます」

「そうだな。準備は万全のはずだ。なにしろネクサス5を使って精神接触の訓練を何週間もやってもらう予定だから」

ベッカーはまた指を折って続けた。

「二つ。これによってきみとレインは作戦中に声を出さずに裏で意思疎通ができる。三つ。レインの感情面を監視し、状況によっては支援できる。レインの訓練成績はかなりひどいようだ。冷静さを失いがちで、ミッションを危うくしかねない」

「だったらわたしをべつの者に代えてください」サムはなるべく落ち着いて主張した。爪が手のひらに食いこんで半月形の跡になっているのを感じる。「わたしがそばにいると、彼は落ち着くどころかかえって苛立ちます。この薬を頭にいれて行動するのにふさわしくありません」

「他に適任がいないのだ、サム」

「アンダーソンはどうですか？」

「潜入調査中だ。まだあと数週間、もしかしたらもっとかかる」

「ノバクスでは？」

「ノバクスは偽の身分がふさわしくない。きみは神経科学の博士課程在籍という身分をすでに持っている。レインに見劣りしない。ノバクスにはそれがない」

サムはなんとか別案を絞り出した。

「エバンズは？　彼も神経科学専攻の偽の身分を持っています」

ベッカーは表情を変えなかったが、目がわずかに変化した。

「クリス・エバンズは先週重傷を負った」ため息をつく。「詳細はいずれ回報に載せる。きみたちに知らせるまえに回復の見込みをはっきりさせたかったのだ。きみは親しかったはずだな……」

サムは血の気が引いた。親しいという以上だった。エバンズとは訓練からいっしょで、一時は恋人関係だった。仕事のきびしさや、同僚たちに隠しておく難しさから関係を解消した。しかしその後も彼はやさしかった……。

「重傷ですか」

ベッカーはうつむいた。

「重傷だ。DWITYドラッグ流通組織への潜入調査をしていた。ところがなんらかの理由で正体がばれた。通信が途絶し、エバンズは二十発撃たれた。発見できたのは二時間後で、すでに心肺停止していた。脳バルブと超過酸素薬のおかげで命は助かったが、かろうじてという状態だ」

DWITY《ドゥ・ホワット・アイ・テル・ユー》。言うとおりにやれ。人間を奴隷化する薬物の通称だ。性的略奪者や売春組織などが性奴隷をつくるために使う。考えただけで気分が悪くなる。その組織と戦ってクリスはやられたのか……。

「再生は?」

ベッカーはゆっくりとうなずいた。

「負傷の範囲が広い。多くの臓器で細胞が広範囲に壊死している。心臓も再成長中で、生命維持装置から離脱できるのはまだあとだ。きびしく長い道のりになるだろう。完全回復は望めないかもしれない」

サムは息を呑んだ。胃液が逆流しそうな気がした。その二時間、クリスは意識があったのだろうか。第四世代脳血管バルブは、血圧の異常低下を感知すると閉鎖し、超過酸素状態にした血液を脳内に閉じこめる。痛覚遮断もおこなわれる。その状態で意識があった可能性は高い。倒れ、心臓は停止し、銃で穴だらけにされた体から血液が流れ出し、体はしだいに死んでいく。なのに脳だけが生きているのだ。自分ではなすすべがなく、待つのは救出か死か……。

いつか自分もそうなるかもしれない。

ベッカーは話しつづけていた。

「だからわかるだろう、サム。他にいないんだ」

サムはうなずいた。クリス・エバンズの不運を聞いたあとでは、自分の辞退理由は色褪せて見えた。

「この技術への嫌悪はわかる。理由も知っている。しかし、だからこそきみを信頼しているのだ。つらいことはだれにでもある。危険を引き受けている。クリスもおなじだ。生命の危険にあえて身を投じた。きみは不愉快だろう。しかし、だからこそきみを信頼しているのだ」

ベッカーはやはりわかっていない。不愉快だからやりたくないのではない。逆だ。他人の精神との接触を楽しんでしまうからだ。それが怖い。裏切りだと感じる。吐き気をもよおす。

しかし他にだれもいないなら、やるしかない。

「面会ありがとうございます、部長代理。エバンズ捜査官と……クリスと話す機会があったら、回復を願っていると伝えてください」

ベッカーはうなずいた。

「聞けばよろこぶだろう。面会可能になったら教える。他になにかあるか？」

「いいえ」

サムは退室し、ドアを閉めた。胃がひっくりかえりそうだ。クリス・エバンズが死にかけたことを考え、さらに自分が職務の名のもとにこれからやることを考えると、嘔吐感が強まる。

サムはなんとかこらえてトイレに駆けこんだ。化粧をなおしている女の背後を通り抜け、個室のひとつにはいる。しゃがんで昼食を便器に吐いた。

昔のことなのに、記憶は鮮明だ。吐き気の次の波が襲ってくる。横隔膜が痙攣し、胃の残留物を便器に吐いた。職務ならやる。きっちりと。それ以外のやり方は知らない。ER

Dは家族だ。ずっと昔から唯一の家族だ。
また便器を抱えこみ、吐くものがなくなるまで吐きつづけた。

11　明鏡止水

四月になった。研究の破綻から五週間。バンコク出発まで三週間だ。明鏡止水パッケージは完成した。低レベル設定でテストもしてみた。心拍数モニターで見ても脈拍は安定。呼吸数も指定した数値からはずれない。皮膚電気抵抗を心理ラボのバイオフィードバック試験装置で測ってみても変化しない。

次はレベルを上げて試そう。十段階のレベル三にして、ナカムラを訪ねた。

VR機器のなかでバーチャルの朱水《ジュウ・スイイン》暎が尋ねた。

「博士号取得後になにをするか、考えは決まった?」

「研究員に応募しようと思います。高次脳機能のデコードとマッピングにとても興味があります」ケイドは答えた。

嘘発見器は鳴らない。

「ちょうどよかったわ。わたしの研究室に来年、ポスドク一人分の予算が新たにつくのよ。ぜひ応募して」

「それはすごい。あなたと仕事できたら大変な名誉です」

鳴らない。

「あなたの国の当局が神経科学をきびしく規制していることが残念だわ。そう思わない？」

「うーん、まあ、安全第一ですから」

鳴らない。

「もちろん、朱《ジュウ》博士の研究室のポスドクにぜひ採用されたいです。なにしろ科学界の英雄ですから」

鳴らない。

「ＥＲＤはアメリカで有益な活動をしていると思います。少々やりすぎがあっても」

鳴らない。

「はい、もちろんです。博士があの驚くべき洞察に至った思考の道すじや、すばらしい論文の背景を深く知りたいです」

鳴らない。

「いいえ、母国の友人たちのことは心配していません。なにも起きるわけがありません」

鳴らない。

ナカムラが手を出してゴーグルとヘッドホンをケイドの頭からはずした。

「なにかやったな？」

ケイドはにやりとした。

「ふーむ。頭のなかで小細工を弄したんだろう。ちがうか？」

ケイドは無言を守る。

「わたしには話せ」ナカムラは言った。

「これは必知事項にあたりますので」ケイドは答えた。

ナカムラは軽く笑った。

「なるほど、ではもっと大きなストレス下ではどうか、試してみよう。あくまで訓練だと了解してくれ」

ケイドが返答を迷っていると、現役CIA職員は目にもとまらぬ動きで攻撃してきた。席を蹴ったナカムラはテーブルをすばやくまわりこみ、ケイドの左側についた。ケイドはまったく反応できない。左腕をねじられ、苦痛とともに立たされる。

ブー！　ブー！　ストレス探知器が強く反応する。

ケイドはあわてて明鏡止水パッケージをレベル十まで上げた。ブザーはぴたりと止まった。

ナカムラは笑った。

「たいしたものだ。では、答えろ」ケイドの耳に顔を寄せ、朱《ジュウ》の声を模して尋ねた。「中国でわたしと仕事をすることに興奮する？」

「ええ、朱博士《ジュウ》。それが第一希望です」

ケイドは肩と肘の痛みに影響されずに答えた。

センサーは鳴らない。

「じつは、朱博士《ジュウ》、僕からちょっとしたプレゼントがあるんです」

ケイドは〈ブルース・リー〉を起動した。フルオートに切り替え、スタートキーを叩く。とたんにケイドの体は右回転して、ナカムラの頭に肘打ちを放った。ついで左回転しながら膝めがけて蹴りをいれる。ナカムラは肘打ちを受け流し、かがんで脚を曲げて、膝を狙った蹴りを腿で受けた。

ケイドの体はむきなおり、自由な右手で掌底を出す。ナカムラの鼻骨をつぶして破片を脳まで押しこむ勢いだ。しかしナカムラは超人的な動きで首をそらし、掌底をかわした。

ケイドの左腕を放して部屋の奥へ退がる。凶暴な笑みを浮かべている。

やる気だなと、ケイドは思った。

ケイドの体は間合いの内側にはいり、ナカムラの股間へ蹴りをいれながら、目潰しの指を出した。ナカムラは踏みこんで腕で蹴りを払い、目潰しもよけた。そのまま体を返して、気がつくとケイドの背後をとっている。

〈ブルース・リー〉は肘打ちとローキックをくりだした。しかしどちらも当たらない。ケイドの体は右回転するが、ナカムラはケイドの肩をつかんで背後についていく。同時に平手でケイドの側頭を軽くはじいた。〈ブルース・リー〉はナカムラの股間めがけて後ろ蹴りをまっすぐ出した。しかし当たったのは椅子。ナカムラは背後で終始にやにやしている。〈ブルース・リー〉はケイドの右手を手刀にしてナカムラの喉を狙った。CIA局員は軽くしゃがみ、手刀は空を切る。

あいかわらずのにやにや笑いだ。

もうやめたほうがいい。まったくかなわない。最後は痛いめにあう。そう思う一方で、このにやけた中年野郎にせめて一発いれてやりたいという気持ちもあった。そこでVR武道アプリの設定を、〝攻撃全開、防御ゼロ〟に上げた。ケイドの体は足蹴り、パンチ、膝蹴り、肘打ち、掌底突き、手刀、目潰しをめまぐるしく出しはじめた。

しかし一発もはいらない。ナカムラは笑顔でよけつづける。

ケイドの精神内でセンサーが赤点滅をはじめた。血中酸素濃度が危険レベルまで低下している。視野が暗く、狭くなってきた。体ははげしく蹴りや突きを出しているのに、明鏡止水パッケージが心拍を毎分六十五回、呼吸数を毎分十五回に制限しているからだ。体は酸素を求めているのに、ソフトウェアが許さない。

ケイドは明鏡止水パッケージをオフにして、体が通常の反応をするようにした。とたんに額から汗が噴き出し、息は荒々しくあえぎ、心臓は喉もとに迫り上がるほどはげしく鳴りだした。ふたたびナカムラめがけて蹴りをいれる。しかし足はむなしく空を切る……。

ビーッ！

ケイドはついに腹を立てて〈ブルース・リー〉を停止した。床に崩れ落ち、あえぐ。肩で息、肩で息。胸が痛い。ナカムラにここで叩きつぶされてもしかたないと思った。

しかし頭の上から拍手が聞こえてきた。

ナカムラがそばに立ち、笑顔でゆっくりと手を叩いている。

「驚かされたよ、ミスター・レイン。立派だ」

「ちっ……くしょう」ケイドはあえぎながらつぶやいた。

ナカムラは笑った。笑顔のまま隣にしゃがむ。

「体の反応をずっと止めたままだっただろう。格闘中も息が乱れなかった。心拍数も低いままだった。たいしたものだ」

ケイドは弱々しくうなずいた。

「しかしな、ミスター・レイン、戦闘は戦闘員にまかせればいい」

ナカムラの拳が飛んできた。それはケイドの顔すれすれでぴたりと止まった。ＣＩＡ局員はまた笑う。腹をかかえていつまでも笑った。

ケイドは敗北を認めて床に頭を倒した。

最後の数週間はまたたくまにすぎた。ランガンはERDのネクサス妨害プログラムとおなじものをつくり、同時にそれへの部分的な防御システムもつくった。防御システムは、脳のネクサス・ノードに受信させたくない信号をすべて排除できる。安全機構、監視、検知のレイヤからなり、不正な信号やプロセスを停止させる。なかなか高性能らしい。精神のアンチウイルスというわけだ。

ネクサス妨害は異なる。これは武器だ。必要だろうか？　しかしランガンは、防御システムだけでなく妨害手段もインストールするように主張した。

「いつ必要になるかわからないぞ」とランガンは言った。

最後の週にナカムラはケイドの電話を新しいものと交換した。おなじモデルで、なかのデータもおなじ。しかし特別な機能がしこまれているとナカムラは説明した。ネクサス5の信号をネット経由で送受信できるのだ。今回はロビン・ロドリゲスという偽名で作戦に参加するサマンサ・カタラネスも、おなじ電話を持っている。頭にはネクサス5をいれている。つまり電話経由で精神をリンクさせられるわけだ。

やれやれ。

クリス・エバンズへの面会許可が下りたのは出発二日前だった。サムは武装検問所を三カ所通って、ウォルターリード国立軍事医療センターの地下の秘密階に下り、エバンズが収容されている隔離再生室を訪れた。

クリス——あるいはその残骸は、再生容器のなかに全身が浸かっていた。切り開かれた体は栄養素が豊富な培養液のなかだ。自己細胞による新しい組織がゆっくりと成長して、銃弾や敗血症や失血や壊死で失われた部分を補塡している。

医師によればエバンズには意識がある。それとわかる兆候がないだけだ。サムは容器のそばにすわって上面のガラスに手をのせ、内部の穏やかなうなりを感じた。

「よくやったわ、クリス。多くの人を多くの地獄から救った」

そこに一時間とどまって話しかけた。彼が大きな仕事をしたこと、英雄であること、すぐに復帰できるはずであることを話しつづけた。

できれば容器のなかに手をいれてクリスにふれたかった。寂しいのではないかと思い、心配していることを伝えたかった。いまなにを考えているのか知りたい。彼が頭にネクサスをいれていればよかった。

……ゆえに、（1）多くの先進技術によってもたらされる脅威が合衆国の安全をおびやかし、すでに数万人ものアメリカ市民の生命と尊厳を奪ったうえに、数百万人を危険にさらしている状況や、（2）科学技術の急速な進歩が脅威の根源であり、将来のより大きな脅威となるリスクがあることや、（3）従来の司法や法執行当局ではそのような脅威に充分に対応できないことを考慮して、次のように提案する。

国土安全保障省内に新しい部局、すなわち新型リスク対策局《ERD》を創設し、そのような脅威に対抗するあらゆる手段をあたえること。

大統領および国土安全保障省長官には、特定の個人、組織、技術を新型技術脅威と指定する権限を付与すること。

そのように指定された個人、組織、技術の開発者や流通業者については、通常の司法手続きや権利を停止すること。そして発言権と陪審裁判の権利や、理不尽な捜査と拘束の禁止も認めないこと。

そのような個人、組織、技術を指定する国家新型脅威法廷を非公開委員会として創設すること。この法廷は裁判所としてあらゆる責任と権限を有し、国土安全保障省と大統領に直属する。

国土安全保障省上院特別委員会、「委員会報告――将来の脅威からアメリカを守ることについて」

ダニエル・チャンドラー（理学博士）議長

二〇三一年十一月

12　楽園行きの二枚の切符

バンコク行き八一九便の頭上の荷物入れに、ケイドはキャリーバッグを押しこんだ。

隣の席からサマンサ・カタラネスが話しかけてきた。

「あら、ケイド。あなたもＩＳＦＮへ？」

彼女の精神を感じた。ナカムラから聞いたとおりだ。サマンサ・カタラネスにまちがいない。顔を変えた彼女かどうか多少なりと疑っていたとしても、精神接触で疑念は消えた。たしかにシモニー飛行場のあの夜に知った精神だ。

サムの精神信号は強く明瞭だ。ランガンやイリヤやワッツほどではないにせよ、一時的な使用者にくらべればはるかに強い。ネクサス５を数週間前から使用し、練習しているということだ。

「やあ、ロビン」偽名をやや強調した。「きみもおなじ？」

「そうよ」

ロビン・ロドリゲスからチャットのリクエストが来ています。受けいれますか？
Y／N

全面的に協力しろと言われている。しかたない。

受けいれ：Y

［ロビン］また会ったわね。
［ケイド］奇遇だね。

苦々しさや怒りの感情が精神から漏れ出さないように気をつけた。

［ロビン］頭の傷はどう？

ケイドは反射的にこめかみを抑えた。サムに蹴られた場所だ。青あざは一週間で消えた。

［ケイド］ましになったよ。きみの脇腹は？

［ロビン］ましになったわ。

チャットIDが〝ロビン〟になっているのが気にくわない。これでは脳内会話でいちいち相手を思い出さなくてはいけない。メニューから選んで、エイリアス名を〝サム〟と設定した。

［ケイド］なぜきみなんだい？　悪気はないけど。
［サム］適当な捜査官が他にいなかったから。気にしないわ。
［ケイド］お気の毒さま。
［サム］かまわないわ、ケイド。仕事はミッション中のあなたの安全を守ることだけ。
［ケイド］光栄だね。

二人はしばらく黙ってすわっていた。ケイドとしてもフライトのあいだずっと怒っている気力はない。さっさと任務をこなし、ERDの管理者たちを満足させて、無事に帰りたい。

サムのほうはスレートをのぞいてフライト時間をすごしていた。最初はバンコクとタイのガイドブックをめくって、おもしろそうな場所をケイドにしめし、次はISFNのプログラムでおなじことをはじめた。

手もちぶさたのケイドもガイドブックを眺めた。たしかにタイは驚きと美の国のようだ。ジャングルに滝にビーチ。寺院、寺院、また寺院。これが休暇ならよかったのに。

学会のガイドブックにも興味深い講演が多く掲載されている。『シンボル推論の神経回路』『知性とその増大予測』『感情ループ・プログラミング——総合型人工知能への新しい道』……。話題にしたいテーマばかりだ。しかしアメリカではどれも新型技術脅威として禁じられている。

神経科学の分野は国内の学会より国際学会のほうが盛況なのは当然だ。最先端の研究がアメリカでは御法度なのだから。

ケイドは隣のサムを見た。彼女がこのタイ行きの原因の一部でもある。彼女が属する組織に脅された。嫌悪する法の執行者であり、暴力を主たる道具とする無知と抑圧の代理人。それを忘れるわけにいかない。

映画を二本、食事を三回、時計が十四時間まわったのちに、ようやくバンコクへの着陸態勢にはいった。永遠に続くような厚い雲の下に出ると、東南アジア第二の都市の光が見渡すかぎり広がった。そして数分後に着陸した。

ケイドとサムはそれぞれキャリーバッグを下ろして、税関と出入国管理カウンターを通った。サムが髪をかきあげて入国審査官に微笑むと、手を振って通された。いったいいくつの偽名を使い分けているのだろう。こういうことを頻繁にするのか。ネクサス接続を介して感じるサムは終始落ち着いていた。

しかしケイドのときも審査官はあっさり手を振って通してくれた。これがスパイの気分か。

空調の利いたターミナルから屋外へ出ると、まるで壁にぶつかったように感じた。バンコクの熱帯の空気だ。現地時間は午後十一時。なのに母国の夏の昼間より暑い。しかもうるさい。無数の小型車のエンジン音。バスのエアブレーキ音。呼び売りたちの大声。頭上を轟々と通過する高架鉄道スカイトレイン。英語やタイ語その他での叫び声。さらにバイオディーゼルと土埃と汗と焼き肉のにおいがまじりあい、高温多湿の空気が肌にまとわりつく。まばゆい照明と警察の回転灯。広告看板では超高輝度ＬＥＤが明滅して、眠る場所や食べる場所やセックスする場所、裸の若い女や男と出会える場所、その他もろもろを宣伝している。

ケイドは疲れているのに魅了されていた。ここはまだバンコク市内ではない。空港の出口にすぎない。しかしこれらをすべて味わえる。一度に経験できるのだ。

サムが口笛を吹いて手を振ると、制服を着こんだタクシー運転手がやってきた。ケイドの手からバッグを取り、首を振って車をしめす。ケイドは案内されるままにタクシーに乗った。車はバンコク－チョンブリー高速道路に上がって市内方面へ走りだした。

運転手の英語はそれなりに上手で、市内へむかいながら話しつづけた。国際会議で来たんですか？　やっぱり。そのせいで市内のホテルは満杯ですよ。寺院とマーケットと会議ばかりに飽きたら、サムットプラカーン・ワニ園へ行ってごらんなさい。わたしが案内してもいいですよ。これ名刺ね。あっちに見える交差点がラーマ九世駅。近くにフォーチュンタウンのITモールがあって、ソフトウェアや電子機器がなんでも格安、激安で買えますよ。

どういう意味かと問うと、「インド製だけじゃないってことです！」と答えた。「高品質の中国製もあるし、韓国製も！　アメリカ製のソフトだってありますよ！」

さらに北を指さす。むこうがタイ王国の旧都アユッタヤーです。いとこが観光会社をやってましてね。いいガイドがいるし、値段もお手頃。わたしが案内すればさらに値引きしますよ。ダムヌンサドゥアック水上マーケットはあっち。できれば早朝に着くのがおすすめです。

いかがわしい観光がしたいなら、一番のセックスショーをいくつか案内しますよ。女たちがあそこの仕組みを見せてすごいことをしてくれる。女性のお客さんには失礼だけどね。美形の少年ショーもありますよ。でも、うーん、美人のお客さんは置いてきぼりになっちゃうでしょうね。会議をやるクイーン・シリキット国際会議場へ行くなら、そのすぐ西にある夜の市場もぜひ見るといいですよ。もちろん天使の都バンコクを訪れたのなら、ワット・プラケーオ寺院を参拝して王宮を見るべきですね。さらに寺院めぐりをする時間があったら、旧市街のワット・ポー寺院の涅槃仏がおすすめです。ほら、あそこに見えてきたのがビクトリーモニュメント。市のほぼ中心です。さあ、お客さんたちが泊まるプリンス・マーケット・ホテルに着きましたよ。料金は千バーツ、チップもはずんでくれるとうれしいな。

サムは札束から百バーツ紙幣を十一枚抜いて渡した。ホテルの従業員がドアを開ける。エアコンの利いた車内からエアコンの利いたホテルのロビーへ、猛暑から逃げるように走った。ほっと一息。

チェックインすると、二人の部屋はおなじ階で、数部屋へだてているらしかった。あらかじめ聞いていたとおりだ。

実際に上がってみて、サムの部屋は廊下のむかいでドア四つ分むこうであることがわかった。精神接続できる程度に近く、ケイドの部屋からエレベータまでの途中にある。隣りあうほどあからさまでも不自然でもない。サムはカードキーで解錠して、荷物をドアストッパーにすると、振りかえって微笑した。

「では明日の朝。午前八時に下で朝食よ。いいわね」

ケイドは喉の奥で了承の返事をした。サムはドアのむこうの部屋に消えた。

ケイドの部屋は狭いが快適だった。眺望はネオンの輝くバンコクのダウンタウン。しばらく窓辺に立って眺めた。高層ビル、ネオンサイン、足もとを流れる川、道路交通。まさにまばゆい大都会《ブライトライツ・ビッグシティ》だ。ナイトスタンドの充電台にスレートと電話を放って、服も脱がずにベッドに倒れこんだ。

サムはドアが閉まるやいなや笑みを消した。ケイデン・レインとの移動時間は予想以上に退屈した。二重のカーテンを閉めて、まず外部からの光学監視を遮断する。それから室内を歩きまわり、順序よく調べていった。すべての引き出しを開けて隅から隅まで、裏の裏までのぞきこみ、電話、端末、スクリーン、電源タップを点検した。盗聴器の特徴的な電波、爆発物の微量分子サイン、監視機器などを隠した仮設の壁やパネルの有無を体内のインプラントでスキャンする。

ホテルに敵性の機器は設置されていなかった。構内ネットワークにも電子的侵入の痕跡はない。サムとケイドは特別な注意を惹いていないということか。それとも敵はこちらと同等のツールを使って侵入しているのか。

ケイドの部屋に意識をむけた。バッグに対監視デバイスを取り付けているが、いまのところ敵の監視機器《バグ》の気配は探知していない。サムがつけたものしかない。ケイドの服、電子機器、荷物につけたバグからの合成映像によると、本人はベッドで大の字になっている。服も脱がず、カーテンは開けっ放し、荷物も解かずに。眠りかけているのをネクサス接続から感じる。それでいい。室内で変化があればサムのスレートが目覚ましを鳴らす。ケイドの精神状態が大きく変化したときも、おなじくアラームが鳴るようになっている。

ホテルのネットワークはツールに引き続き監視させた。ケイドの部屋のドアの開閉、電力消費量の急な増減、ネットアクセス、電話の使用にはアラームがすぐ反応する。二人の部屋のドアのまえにだれかが立ち止まった場合も同様だ。エレベータ、ホテルのロビー、とりわけこの階の監視カメラに写った人物はすべて顔を撮影し、CIAのデータベースでパターンマッチングにかける。既知の海外エージェントがまぎれこんでいないか探させている。

データはおなじものを支援チームにも送っている。交代制のオペレータが二十四時間態勢でフィードを監視し、なんらかの脅威が探知されればサムを目覚めさせ、その他の対応をはじめる。必要であれば支援にはいる地上班もいる。CIAが信用確認ずみの地元契約の傭兵《コントラクター》もいる。

周辺警備は万全だ。サムはバッグを開けて、明日の服をハンガーに吊るした。電子的探知がほぼ不可能な隠し武器をいくつか出して、手の届くところにおいた。午前七時に目覚ましをセットして、眠った。

バンコク市内、カオサン通りの薄汚れた貸部屋で、スレートが通知音を鳴らした。武器の点検をくりかえしていたワトソン・コールは、手を止めて受信したメッセージを見た。プリンス・マーケット・ホテルで雇った男からだ。ケイデン・レインが到着し、二七三八号室にチェックインした。いっしょに到着した女の名前はロビン・ロドリゲス。こちらの部屋は二七三一号室。従業員のラペルピン型のカメラがとらえているのは、二人がロビーでチェックインを待っている写真だ。

ワッツはロビン・ロドリゲスの顔を拡大しながら、別画面で情報を見た。体格はおなじ。鼻、顎の形はおなじだ。瞳、髪、唇、頬の形は異なるが、これらは変えられる。サマンサ・カタラネスにまちがいないだろう。

つまり、この行動がERDのミッションであることは確定だ。あるいはワッツをおびきだす罠か。

関係ない。こちらにはこちらのミッションがある。カタラネスがじゃまだが、予想の範囲内だ。今度は不意討ちはくわない。目的は果たす。カタラネスと他の支援要員が介入してきても。

金をつかませたホテルのメイドにメッセージを送る。

二七三八号室。明日。

首からチェーンで吊ったデータチップに手をやった。これをケイドに渡せば……。

ケイドはワッツの助けを求めるだろうか。望むだろうか。そのはずだと思いたい。ケイドはただの道具ではない。友人だ。自分で判断できるし、なにが重要かわかっている。タイへ来るのにどんな見返りを提示されたか、あるいは脅されたのかは不明だ。なにをやらされるのかも。

最後はケイドの運命《カルマ》しだいだ。ワッツは手をさしのべることしかできない。それを握るかどうかは本人だ。理性があれば握るはずだ。

ワッツは装備の点検にもどった。自分の命も、ケイデン・レインの命もかかっている。

13　招待と挑発

たちまち朝になった。ケイドとサムはホテルのレストランで朝食をとって、会議場へむかった。移動手段を探してロビーから出ると、熱帯の空気がまるで固体のようにぶつかってきた。学会がこの時期に開催される理由がわかった。こんな猛暑のバンコクへわざわざ休暇旅行に来る者など皆無だからだ。

サムは手を挙げて適当なトゥクトゥクを停めた。真っ黄色の三輪タクシーが近づいてきた。

「クイーン・シリキット国際会議場まで」

「会議場ね。百バーツ」運転手は運賃を提示した。

「五十バーツで」サムは値切った。

「五十バーツなんて！　曇りで日が出てないんだよ」運転手は屋根の太陽電池パネルと、低く垂れこめた雲をしめした。「エンジンで走らなきゃいけない。五十バーツじゃガソリン代にもならないよ。九十バーツで！」

サムは首を振り、ケイドの腕をとって去ろうとした。

「わかった、わかった。八十バーツ!」

運転手は呼び止める。サムは振りむいた。

「六十バーツ。それが限度よ」

「七十バーツ。それより下げられないよ、お姉さん」

サムはうなずいた。

「いいわ」

ケイドを引っぱって、むき出しの座席に乗りこむ。

二人が小さな座席にすわるのも確認せずに、運転手は走りだした。小さな三輪車両はすぐに交通の流れに乗った。タクシーを追い越し、二台の乗用車のあいだに割りこみ、三人乗りをしているスクーターがこちらの進路を斜めに横切るのを避け、バスの真後ろについてバイオ燃料の排ガスをまともに浴びた。ケイドはシートベルトを探したがそんなものはなかった。そもそもドアすらない。基本的にエンジンと簡単な幌がついて速度の出るリキシャだ。ケイドは脇の細いレールを力いっぱい握った。小雨をしのぐ幌があるだけましだ。道路に放り出されて他の乱暴な運転手に轢かれないよう祈るしかない。

サムがその腕に手をおいた。ようやくケイドは、自分の手が隣の彼女の脚も力まかせに握っていることに気がついた。

「大丈夫よ。これが彼らの日常。眺めを楽しんで」

言うのは簡単だ。サムは車に轢かれてもなにごともなかったように起き上がってきそうだ。

ケイドはうなずいて、風景を眺めようとした。楽しめたかどうかはわからない。

受付会場は大混雑だった。イベントの予想来場者数は一万五千人。実際にはその倍が来ているようだ。会議場は都市の広い一ブロックをまるごと占めていて、受付ホールはサッカーグラウンドより広い。それでも入場証を求める人が長蛇の列をなしている。展示エリアにはさまざまな関連品が並んでいる。研究機器、神経情報パッケージ、赤外線神経スキャナー、次世代ＭＥＧ脳スキャン帽体、精神医学診断ＡＩ、脳波制御のロボットや車椅子、神経統合型義肢などなど。求人エリアにも各社がブースを出している。製薬会社、バイオテクノロジー企業、神経デバイスメーカー、ソフトウェア会社、ターゲティング広告やマーケティングの会社、神経科学者の定量分析技術を求める銀行やヘッジファンド。壁ぎわにはＮＰＯのブースが十団体以上並んでいる。〈世界平和のための神経科学者〉団体からタイ神経科学学生協会までさまざまだ。頭を丸めてオレンジの法衣をまとったタイの仏僧も混じっているのがおもしろい。

ケイドはなんとか受付までたどり着いて入場証とパンフレットの束を受け取った。サムはまだ列の途中だ。

［サム］あとで追いつくわ。

ケイドはうなずいた。電話経由でネクサス接続しているので、いつでも連絡できる。ケイドは広いメインホールにはいり、うしろのほうに席をとった。スレートを出して時間をつぶしはじめる。

しばらくして照明が抑えられ、アナウンスが流れた。

「タイ国王ラーマ十世陛下のお出ましです」

なんだって？

手もとのスレートで会議プログラムをタップした。

「仏教と神経科学――精神と脳の孤立から接続パラダイムへ」

ラーマ十世陛下

ソムデット・プラ・アナンダ教授（チュラーロンコーン大学）

メインホール奥の両脇に大型スクリーンがあり、純白のスーツに金糸の刺繡入りサッシュを袈裟懸けにした四十代の男が笑顔で登壇するようすが映し出された。客席のあちこちからオレンジの法衣の仏僧たちが立ち上がり、拍手しはじめた。他のタイ人たちもいっしょだ。つられて全員が立ち上がり、ケイドもならった。

ラーマ十世は両手を挙げて聴衆を着席させた。

国王は英語で話した。まずタイへの訪問客を歓迎し、主催者と出席者を称賛し、祖父が建設した会議場の歴史に言及した。やがて話は予想外の方向へ移った。

「わたしは仏教徒である。わが国民の九十パーセントも同様だ。ここでの若者の習慣どおりにわたしも若いときにオレンジの法衣を着て修行した」

興味深い話だ。

「仏僧としての経験から多くのことを学んだ。そのうちの二つが本日のテーマと関係する。その第一は、僧のもっとも基本的な修行、すなわち瞑想である。これは精神の探求である。この探求を通じてわれわれは心の平穏を得て、執着から解放され、苦痛を減じ、他者への同情をはぐくむ。なかでも本日の主題と深くかかわるのは、瞑想が精神の働きについて多くの洞察を可能にしたことである」

ネクサスでもできるぞと、ケイドは思った。

「神経科学と仏教の目標はほぼおなじである。手法はそれぞれ異なり、たがいに補完的だ。科学の手法は統計的、定量的、再現可能、還元的、そしてできるかぎり客観的である」

一呼吸おいて、

「対して瞑想の手法は、質的、主観的であり、きびしい修行と精神の静寂によってのみ再現可能であり、それでいて同様に深遠である」

ドラッグのほうが手っとり早いとケイドは思った。あれも精神ツールだ。

「わたしは科学的手法をおおいに尊重している。数十年前にダライ・ラマ十四世から、〝神経科学によって仏教の一部が誤りであると証明されたらどうするか〟と問われた。わたしはこう答えた。〝その場合は仏教を変える必要があるでしょう〟と」

聴衆は笑った。ラーマ十世は微笑んだ。

「ここで考えてほしいのは、補完的という考えである。もし神経科学の基本的前提の一部が不完全であると仏教がしめしたらどうか。新しいパラダイムがすぐれていると証明できるのか？　そのときは権威ある科学者のみなさんが、科学的手法のほうを変えてくれることを期待している」

今度はだれも笑わなかった。沈黙だ。

ラーマ十世は大きく微笑んだ。

「この新しいパラダイムがどんなものかについて、一つの考えをしめしたい。そしてそれが、仏僧として学んだこととの第二である」

効果を狙って間をあけた。

「われわれは一つである」

さらに沈黙。

国王は軽く笑った。

「なにも北米のウッドストック・フェスティバルにもどろうというのではない」

一部が軽い笑いで答えた。

「ハシシを吸っているのでもない」

神経質な笑いが広がった。ケイドも思わず声を出して笑っていた。

「ようするに、人間は個人であるよりも、集団として、集合体として存在している。部族、地域社会、組織、団体、家族、国家。自分は個人であると思いがちだが、人間がこれまでに成し遂げたことやこれから成し遂げることは、すべて人々が協力した集団の結果である。このような集団こそ自立した組織である。人間はその部品なのだ」

そのとおりだとケイドは思った。

「経験豊富な瞑想者はこの結びつきを直感的に把握している。瞑想プロセスは孤立した個人の存在という幻想に穴をうがち、われわれは個人よりはるかに大きなものの一部であることを見せてくれる」

おやおや、タイの国王はヒッピーっぽい。

「ここに神経科学が仏教から得るべきヒントがある。個人の精神は重要だ。しかし、数十億人の精神が技術によって結ばれ、情報が一人から地球の反対側の十億人へ一瞬で伝わる時代においては、べつの認識のレイヤが重要である。この世界で重要なことはいずれも多くの個人の努力を必要とする。たとえば地球の喫緊の課題を克服するには、個人ではなく、国家でもなく、一つの人類として考える必要がある」

アインシュタインとおなじだとケイドは思った。〝現在のわれわれが直面する問題は、それをつくりだしたのと同水準の思考では解決できない……〟。

ラーマ十世は続けた。

「しかしながら神経科学の有力なパラダイムはいまだに個人の脳にとどまっている。これは人間精神を理解する入り口にすぎない。けっして出口ではない。この会議に望むのは、それぞれの仕事をいま一度新しいレンズで、新しいパラダイムで再考してほしいということである。すなわち、地球上のすべての脳とすべての精神が接続された世界である。どちらの接続もすでに存在しており――」国王はここで一拍おいた。「――より高度な接続性も、神経科学と神経工学の進歩によって今後開発されるはずである」

より高度な接続性が開発される？　それは脳対脳通信のことかと、ケイドは考えた。ネクサスのことを言っているのか？

「一般人の考えに耳を傾けてくれて感謝する。タイ人として、また仏教徒として、諸兄をタイへ歓迎するとともに、会議の開会を宣言する」

国王は軽くうなずいた。

客席のオレンジ色の仏僧たちがいっせいに立ち上がった。一拍おいて他のタイ人出席者が続き、割れんばかりの喝采が起きた。ケイドも思わず起立していた。心から驚き、強い印象を持った。

ラーマ十世はふたたび手を振って着席を求めた。

「ではここで、ソムデット・プラ・アナンダ教授を紹介したい。彼はわが国でもっとも研鑽を積んだ仏僧であり、同時にチュラーロンコーン大学の神経科学部長でもある。そしてわたしの友人だ。アナンダ教授！」

今度は着席したまま拍手が起きた。オレンジの法衣をまとった六十代の男性が壇上に歩み出て、国王に深くお辞儀して、演壇についた。

ソムデット・プラ・アナンダは、国王が話した神経科学の新しいパラダイムについて、背景となる詳しい話をした。さまざまな研究を紹介しつつ、集団のなかで認識が発生し、アイデアが精神のあいだを飛びまわり、深いところで驚くほど個人が影響しあうさまを見せた。しかしケイドにとってもっとも挑発的だったのは最後のコメントだった。

「ある脳の神経活動とべつの脳の神経活動を直接接続する技術は、現在すでに存在します。このようなときこそ、集合精神の神経科学がますます求められています。言語の進化は人類を大きく飛躍させました。言語は人間をより大きく強力な集合精神として結びつけることで、その認識能力を大幅に高めました。そして脳と精神を直接接続する技術のむこう側には、人間の認識能力の次の飛躍的進歩があると信じています。その接続手段はここにあり、急速に広まっています。その技術がしめす変容を理解し、平和的に方向づけるために、接続した脳の集合というパラダイムにしたがって神経科学を再編しなくてはなりません。しかも早急に。ありがとう」

ふたたび拍手が起きた。今度は科学者からも仏僧からも同時だった。ケイドは茫然としたまま、スレートを指先で叩いていた。

アナンダが話していたのはまちがいなくネクサスのことだ。そうでなければ、それに似たなにかだ。タイの人々が開発しているのか？　国王がそれを支援しているのか？

考えるべきことが多い。人々はホールの出口へむかいはじめた。ケイドも立って、考えこみながら列に並んだ。

出口付近の混雑のなかで、赤く染めた髪を逆立てた長身のタイ人の学生と体がぶつかった。

「おっと、失礼」

「いいんだ」ケイドは答えた。

「あ、かっこいいTシャツだね！」

ケイドは自分の胸を見た。着てきたのはお気にいりのDJアクソンのTシャツだった。

ランガンの顔と複数のサイン波。背景は青く輝く神経細胞の樹状突起だ。クールなビートで強烈なエネルギーを発散しようとしている。

ケイドは笑った。

「ああ、ありがとう。こいつは友だちなんだ」

「えっ！ ＤＪアクソンを知ってるの？」

ケイドはにやりとした。

「そうだよ。おなじ研究室なんだ。ＵＣＳＦのサンチェス研でね」

「すごいね！ 彼の音楽は最高だよ。僕らはそのミックスをいつも聴いてるんだ」学生は握手を求めた。「僕はナローン」

その手をとった。

「ケイドだ」

「明日の夜、神経科学の学生親睦会があるんだけど、来ない？」

「そうだなあ、とくに予定はないけど」

「ぜひ来てよ」ナローンはフライヤーを取り出して渡した。「すごく楽しいよ。タイ神経科学学生協会の主催で、僕はその幹事なんだ」

「考えてみるよ」

「歓迎するから。楽しめるよ。場所はダウンタウンのバーで、明日の夜のバンコクでは最高の盛り上がりになるはずさ。教授たちは入場禁止だからね！」

ナローンは笑った。

ケイドは思わず苦笑した。アメリカ人スパイは参加してもいいのか？

「考えておくよ」

二人はドアを抜けた。

「じゃあね。明日の夜また」

ナローンはケイドの腕を叩いて去っていった。

ドアの外でサムが待っていた。スレートでプログラムを見ている。ケイドが近づいていくと顔を上げた。

「開会講演はどうだった？」

「イリヤが好きそうな話だったよ」

サムはうなずいた。

「ええ、そのとおりかもね」

「きみはどう思った？」

サムはすこし考える顔になった。

「理想主義。ちょっと不気味」しばらく黙って、「そしてかなりナイーブ」

ケイドは肩をすくめた。尋ねた相手が悪かった。

「このあとはどうするんだい？」

サムは肩をすくめた。

「わたしは機能強化分野の話をいくつか聴いてくるわ。最新の知識を仕入れておきたいから。おなじ講演を聴く必要はないのよ」

ケイドはやや驚いた。サムからずっと監視されると思っていたのだ。

「わかった。それから、ええと、明日の夜のこういう催しに招待されたんだけど、どう思う？」

ケイドはフライヤーを見せた。サムは裏も表も眺めて、肩をすくめた。

「おもしろそうね」

二人は別れた。ケイドは次々とパネルをまわった。どれもとても興味深かった。世界じゅうの科学者たちと話して、名前と研究分野をなんとか憶えようとした。午後五時になると頭が疲れて、時差ボケでまぶたが重くなってきた。いったんホテルに帰って仮眠をとるとサムに連絡した。今夜のレセプションまでにもどるつもりだ。

帰路はトゥクトゥクではなく地下鉄を使った。蒸し暑い屋外を数ブロック歩かなくてはいけないが、ドアのない車両で殺人的なバンコクの道路交通に放りこまれて神経をすり減らすよりましだ。

ホテルのロビーは冷気のオアシスだった。シャツの下と額の汗が急速に冷えていくのを感じた。エレベータで上がり、カードを使って部屋にはいる。会議でもらったトートバッグを隅に放って、靴を蹴飛ばすように脱いだ。

ベッドは整えられ、枕もとのトレイにミントキャンディ二個と折りたたんだカードがのせられていた。キャンディを一個口に放りこんで、カードを開く。ホテルのサービス内容を客が評価するコメントカードだ。捨てようとしたとき、奇妙な変化が起きた。カードの文字が消えて、べつの文章が次々と浮かんできたのだ。

ケイド。さりげなく読め。このメッセージは表示されて三十秒後に消える。おまえを現在の状況から救い出す用意がある。新しいIDをつくって、まっさらな身分で逃げられる。それ以外の道が行き着く先はERDの監獄か死だ。どんな話を聞かされていてもそれが現実だ。彼らにとっておまえは世間を歩かせるわけにいかない危険人物だからだ。

脱出する用意ができているなら、このコメントカードの〝全体的評価〟の欄で〝まったく不満足〟にチェックをつけろ。そうしたら、あらためて指示を出す。

電話とすべてのネットアクセスは監視されていると思え。服と体にも監視装置がついているだろう。このカードについていかなる場面でも言及するな。

この文章はまもなく消える。疑われないようにコメントカードは全欄に記入しろ。

ワッツ

ワッツ……ワッツ、ワッツか！　生きていた。そしてこのバンコクに来ている。

文章を読みなおした。そのあいだにも文字は消えていき、ホテルの評価を尋ねるコメントカードにもどった。心臓の鼓動が速くなっている。明鏡止水パッケージを起動して、体の反応を落ち着かせた。急に興奮したことをサムに気づかれたくない。

カードを持って小さなライティングデスクに移動し、ペンを取った。評価の他の欄を埋めながら、必死に考える。

ERDは本当に自分を投獄あるいは殺すつもりだろうか。

部屋の価格、価値。満足を選んだ。

これがワッツからだという証拠はあるのか？

部屋の快適性。とても満足。

罠ということは？　ERDがしかけた試験とか？　しかしもしそうなら、最後は投獄か殺害などと主張する必要はないだろう。

部屋の清潔さ。満足。

このメモが本物だとして、ワッツは本当に自分を救い出せるのか。

部屋の見た目。とても満足。

しかし……結局おなじことだ。自分が逃げたら、イリヤとランガンと多くの友人たちが投獄される。彼らの安全は自分にかかっている。

部屋の浴室。満足。

くそ。進むも地獄、退くも地獄だ。

スタッフの親切さ。満足。

いや……退いたら他人が地獄をみる。大事な友人たちが。

スタッフの手際。満足。

くそったれ。

全体的評価……。

ケイドのペンはそこで止まった。実際には選択の余地はない。このミッションにとどまったら監獄行きか死かもしれない。しかし自分が逃げたら、友人たちは確実に監獄送りになる。ならば危険を引き受けるしかない。すべてのカードはERDに握られているのだ。

全体的評価。満足。

ケイドはため息をついた。これが正しい選択だ。

服を脱いで、もう一個のミントキャンディを口にいれ、ベッドに倒れこんだ。

ワッツ。どうすれば連絡できるだろう。自分のためにわざわざ来てくれたのか。

くそ、くそ、くそ。

横むきになって目を閉じた。

ワッツがどんな苦境を乗り越えてきたか知っている。ネクサスによって可能になったその経験が、ワッツを変えたことも。だからネクサスが人々を変え、戦争を終わらせることができると信じている。世界をよくする技術だと。

しかしだれもがワッツのようではない。だれもがおなじように考えるわけではない。むしろ多くの人は変わりたがらない。

そしてネクサス5そのものがまだ不完全だ。多くの人の手に渡すのは危険すぎる。人々を簡単に支配し、虐待できるようになる。

〝科学者は自分の研究がもたらす結果に責任を持たねばならない〟。父からそうくりかえし教えられた。今回の想定される結果の一部は耐えがたいものだ。

これが本当にワッツだとしたら、彼は来るべきでなかった。自分の命を危険にさらしているだけだ。

ようやく短い眠りが訪れた。しかしいい夢はみられなかった。

14　意外な接触

　初日の夜のレセプションは、クイーン・シリキット国際会議場の広いボールルームで催された。科学者たちはワイシャツと堅苦しいネクタイで集まり、そこにオレンジの法衣の仏僧たちと正装した給仕スタッフがまじった。電話を介したネクサス接続でサムの存在も感じた。会場のどこかで神経を張りつめている。

　ケイドは飲み物のチケットを一枚使ってビールを手にとり、歩きまわった。五、六人の科学者といろいろなテーマで雑談した。神経細胞の可塑性。宗教が脳にもたらす影響。音楽とドラッグと瞑想による神経的影響の相似性。人間知性の理論的限界。

　そばの人が通りすぎた陰から、サムの姿が見えた。ナローンと話している。手にはワインググラス。どちらも楽しげな笑顔。ナローンがなにか言うと、サムは笑った。サムは相手の腕に手をおいてなにか言い、背をむけてトイレのほうへ行った。その背中をナローンの視線が追う。見ているのは尻だ。

［ケイド］ファンを一人獲得したようだね。

［サム］追い払わないで。

［ケイド］仕事しなくていいのかい？

［サム］これが仕事よ、ケイド。あなたの新しい友人のナローンは、スク・プラト－ナンの周辺人物よ。スクの名前からなにか思い出さない？

［ケイド］もしやテッド・プラト－ナンの関係者？

［サム］スク・プラト－ナンは、テッド・プラト－ナンの甥よ。そしてスクはネクサスの流通そのものに関与していると考えられる。タノーム・〝デッド〟・プラト－ナンはタイの麻薬業者。ネクサスの取扱量はおそらく世界最大。そしてタイで撮影された朱水暎《ジュウ・スイイン》の写真にいっしょに写っていた。ナローンはその甥とつながっているのよ。

［ケイド］そんな話は初耳だよ。

［サム］たったいまわかったの。

［ケイド］？

［サム］スクの周辺人物としてタグ付けされていた未確認の声紋データと、ナローンの声が一致した。

［ケイド］ねえ、本当に話す相手全員の声紋をとってるの？

［サム］そうよ。顔もできるだけ照合してる。

［ケイド］きみたちが恐ろしくなるよ。
［サム］この会議に集まった人々のほうがもっと恐ろしいわ。

ケイドは歩きつづけた。すると、朱水暎《ジュウ・スイイン》がいた。エレガントなその長身が多くの神経科学者に取り巻かれている。ワイングラスを片手ににっこりと微笑む。取り巻きのだれかがなにか言うと、片方の眉を上げた。遠くから見てもカリスマ性は歴然としている。そこにはなにかがある。強さだ。目つき、微笑。笑顔が獰猛だ。ケイドは背筋が寒くなった。

背をむけて歩き去ろうとしたとき、朱《ジュウ》の目がケイドをとらえた。そして手招いた。

ケイドは胸が苦しくなった。しかしこのために何十回も練習してきたのだ。やれるはずだ。

明鏡止水パッケージを起動して、半分のレベルに設定した。人ごみをかきわけ、落ち着いた笑顔でそちらへ歩く。サムにメッセージを一本送ってから、脳内のネクサス通信機能をすべて遮断した。精神接触はできるだけ避けたほうがいい。

朱《ジュウ》の声が聞こえる距離に来てみると、ちょうど彼女はイギリス英語で意見を述べおえるところだった。

「……開会講演は長期的な視野があって刺激的でした。タイが主導権を持てて幸運だと思います」

人の輪は朱《ジュウ》ともう一人をかこんでいた。立派なスーツの男性。見覚えがある。アーレン・フランクス。アメリカ国立精神衛生研究所の理事だ。ケイドの研究資金の多くもそこから出ている。

フランクスは話した。

「開会講演で言及された技術は違法です。ポストヒューマン技術ですよ、朱《ジュウ》教授。それを歓迎していた」

「講演はとても現実的な変化について述べたものです、フランクス博士。そして不可避です。無視したければご自由に。わたしは称賛します」

そのとおりだと、ケイドは思った。今日聞いたなかでもっとも興味深い話だった。

「科学者は法律を尊重しなくてはいけません、教授」フランクスは応じた。

「むしろ法律が科学を尊重すべきではないでしょうか、博士」

ケイドの背後でだれかが、「賛成」と声をあげた。

「われわれには倫理的責任が――」

フランクスが言いかけると、朱《ジュウ》はさえぎった。

「倫理的？　人間を鎖で縛り、制限する法律が倫理的ですか？」

「人間が人間でありつづけるための法律です」

朱《ジュウ》は眉を上げた。

「人間かどうかを決めるのはだれですか？」

「世界の指導者百人以上が決めました。コペンハーゲン協定に署名したときに」

「百人以上！　しかも政治家！」朱《ジュウ》はわざとらしく驚いてみせた。「あらあら、それはしかたありませんわね」

笑いのさざ波が周囲に広がった。ケイドもくすりと笑っていた。フランクスは怒って口をへの字に曲げている。

朱《ジュウ》は穏やかに続けた。

「フランクス博士、科学者が倫理的に行動すべきという意見には同意します。しかしそれは最大多数の利益のためであるべきです。いまある法律は、わたしたちの能力を阻害しています。もっと自由に研究できれば、もっと多くの成果が達成できる。医学にも強化技術にもはかりしれない貢献ができる。いまの人間のあり方が正しいとだれが決めたのですか？　人間は人間を高めることができる。よりよい世界をつくれる。だれが何者になるか、無数の選択肢を提供できる。たかだか〝百人以上〟の人々を信頼するのではなく。わたしたちは恐れのせいで身動きがとれなくなっているのです」

賛成だと、ケイドは胸のなかでつぶやいた。

フランクスはグラスの酒を飲んだ。紅潮している。

「朱《ジュウ》博士、あなたがわたしの国でそんな話をしたら、たちまち研究資金を失いますよ」

ケイドは眉をひそめた。不快げなつぶやきが周囲に広がる。

朱《ジュウ》はかすかに笑みを浮かべて首を振った。

「それなら、あなたの国にいなくてよかったですわ、フランクス博士」軽く頭を下げて、「ごきげんよう」

女王に解散を命じられた取り巻きはばらけはじめた。

朱《ジュウ》はケイドにむきなおった。

「あなたがミスター・レインね」

近づいてきて握手を求める。ケイドは笑顔でその手を握った。

「お会いできて光栄です、朱《ジュウ》博士」

朱《ジュウ》は微笑んだ。

「噂は聞いていますよ。あなたの研究についてもっと知りたいわ」

「ありがとうございます」

「いまのやりとりを聞いてどう思った？」

「百パーセントあなたに賛成です」

朱《ジュウ》はうなずいた。

彼女の精神が探りをいれてきたが、ケイドは守りを固めていた。朱《ジュウ》は穏やかになでまわし、あいだの空間を調べている。ケイドは自分のネクサスを完全に閉鎖して、なにも漏らさないようにした。

朱《ジュウ》は言った。

「ケイド、明日の昼食をいっしょにどうかしら。あなたの研究と今後について話をしたいわ」

発表ずみの研究についてだろうか。それともネクサス5について？

「光栄です」

「よかった。あなたには多くの才能があると思っているわ。もっとやれるはずよ」

彼女の精神がまた軽くふれてきた。ケイドの脳裏に自分の未来の姿が浮かんだ。才能。ネクサスの摂取。知性の強化。明晰かつ高速の思考力であらゆる問題を解明する。精神を縛る枷《かせ》から解放される。

ケイドはあえぎ声を漏らしかけて、なんとか耐えた。朱《ジュウ》の目を通した自分の将来を垣間見たのだ。

反応してはいけない。ないはずのネクサスに気づかれてはいけない。

しかし欲求はあった。いま見せられた自分になりたい。自由に自分を強化したい。ポストヒューマンになりたい。精神の手を彼女に伸ばしたいという切実な欲求を、必死で抑えた。

「昼に運転手を迎えにいかせるわ、ケイド。フロントで」

「楽しみです」ケイドは答えた。

朱水暎《ジュウ・スイイン》との遭遇のあとでは、明鏡止水パッケージを使っていてもなにか飲まずにいられない気分になった。朱《ジュウ》は人ごみのほうへ去り、ケイドはバーへむかった。距離が開いてひと安心すると、ネクサスを送受信モードにもどして、明鏡止水パッケージをレベル1に下げた。サムが精神にはいってきたのがわかった。興味深そうだが、詳しい報告はイベントのあとに聞くつもりのようだ。

どう報告すべきか。朱《ジュウ》と合意したと？　遠くから眺めるより本人は魅力的だったと？　彼女の提案を受けいれたい欲求があると？　彼女の精神が接触を試みてきたと？

ケイドは首を振って、バーへの列に並んだ。

すると、今度は予期しないことが起きた。べつの精神を感じたのだ。伝わってくる印象は深く静謐な池、どっしりとして揺るぎない地面、静かな興味、それに続いて、驚きだった。その精神がケイドを探ってきた。うしろからだ。印象はするりと消えた。

ケイドは振りかえった。バーの列で真後ろに立っていたのは、ソムデット・プラ・アナンダ教授だ。儀式用の法衣のまえで両手を組み、黒い瞳でケイドを見つめている。

ケイドも相手を見た。口を開けて唖然とした。

ソムデット・プラ・アナンダがネクサスを使っている？　いまこの場で？

アナンダが沈黙を破った。

「きみ、名前は？」

その声は響きが深く、催眠的だった。悠揚迫らず、人を従わせる。

「ケイドです。ケイデン・レイン。ええと……猊下とお呼びすれば？」

「アナンダ教授でいい、ケイデン・レイン」その目はゆっくりとケイドを細部まで眺めまわした。「アメリカ人か」

問いではなく事実として述べた。

「はい、そうです」

「不作法な服装だ」

「すみません。そんなつもりではなく、ただ研究室の友人がＤＪをやっているもので、それで……」

アナンダはさえぎって言った。

「列が動いているぞ、きみ」

ケイドが振りかえると間隔が空いている。数歩進んであいだを詰めて、またアナンダにむきなおった。

「今朝の開会講演をどう思った？」

問われたケイドは、深呼吸して答えた。

「教授と国王にほぼ完全に同意します」

アナンダは微笑み、わずかにうなずいたようだった。

「きみの番だぞ」

「……といいますと？」

「バーだ。きみの順番だ」アナンダは目でしめした。

「ああ」

ケイドは振りむいてビールを注文し、ポケットに手をいれて飲み物のクーポンを探った。ようやくみつけてバーテンダーに渡して、振りかえると……。

ソムデット・プラ・アナンダ教授の姿はなかった。

ケイドは驚いて目をぱちくりさせ、見まわした。しかしあの高僧はいない。

どこに消えたんだ？

レセプションは終了の気配が漂いはじめていた。サムからチャットメッセージが飛んできて、そろそろ帰るかと尋ねられた。ケイドは同意した。

二人はトゥクトゥクでホテルへもどった。混雑は朝ほどではないが、暑さはあいかわらずだ。しかしケイドは時差ボケで暑さを嫌う気力がなく、また今日の出来事を反芻するのに忙しくて道路に放り出されることを心配する暇がなかった。

［サム］朱《ジュウ》との会話を見せて。

ケイドはため息をついた。しかたない。朱《ジュウ》との会話の記憶をサムに開示し、経験させた。

［サム］なるほど。ランチの誘いはいい兆候ね。落ち着いて、必要なら例のパッケージを頭のなかで使えばいいわ。ミッションの成否がかかっていることを忘れずに。

ケイドはこの動力付きリキシャの外を見た。陰影とネオンのバンコク市街がうしろへ流れていく。状況に深入りするほど混乱もひどくなる。

そんな気分をサムも感じたようだ。やれやれ。

サムはホテルの部屋までケイドを送っていった。ドアのまえで元気づける。

「明日はうまくやれるはずよ。しっかりね」

ケイドはうなずいた。

「ああ、大丈夫。疲れただけだ」

たしかに疲れていた。

サムはケイドの腕を軽く握って、自分の部屋へもどった。ケイドは部屋にはいり、ベッドに腰を下ろした。頭がぐるぐるまわる。

ワッツ。朱《ジュウ》。アナンダ。ＥＲＤ。
いったいなにが起きてるんだ？

15　再　生

プリンス・マーケット・ホテルの廊下の先にある自分の部屋で、サムは床で蓮華坐を組んで一日を反芻していた。

監視装置を見るかぎりケイド本人にも彼の部屋にも新しいバグはついていない。ホテルのネットワークにもあやしい挙動はない。ホテル内の人の行き来もエレベータの動きも通常どおり。この階でもドアの外でも変わったことは起きていない。メイドが部屋に滞在した時間も普通。おかしな動きはない。会議場でもホテルでも顔認識でタグ付きの人物はひっかからなかった。

それでも気になる。今日一日のあいだにケイドが驚いた瞬間が二回あった。あれはなんだったのか。

一回目は午後五時二十分頃。部屋にもどったすぐあとだ。ケイドの部屋にしかけたバグからのフィードをたぐり、映像を再生した。部屋は静かで動きはない。ベッドは整えられ、枕もとにはコメントカードをはさむようにミントキャディが二個おかれている。ケイドがはいってくる。会議のトートバッグを放って、靴を脱ぎ捨て、ミントキャンディを一個食べる。コメントカードに書きこみ、二個目のキャンディを食べて、ベッドにはいって眠る。支援チームに連絡して、明日朝二人が会議場へ出発したあとにケイドの部屋を調べるように頼んだ。念入りにスキャンすればバグや発信器やその他不審なものが出てくるかもしれない。コメントカードとミントキャンディの包装紙を回収してもいい。滞在中に分析結果が出るだろう。

二度目の出来事はわかりやすい。感じた時間は記録してある。会議場の監視カメラのデータを調べ、該当する時間をみつけた。ケイドが朱水暎《ジュウ・スイイン》から離れてからすぐあとだ。バーの列に並び、そのあとべつの方向からやってきたソムデット・プラ・アナンダ教授がケイドのうしろに並ぶ。ケイドは振りかえる。アナンダから声をかけられたのだろう。二人は短い会話をかわす。

アナンダになにか言われて、ケイドは驚いたのだろうか。教授の顔が見える別角度のカメラをみつけて、フレームいっぱいまで拡大して、壁に投影した。ケイドの顔も拡大して、アナンダの隣に大きなフレームをつくって投影する。ケイドにつけたバグの音声をシンクロさせて、両方の顔を見ながらスタートさせた。

アナンダがケイドのうしろで列に並ぶ。視線はまっすぐ。唇は結んで、高僧のいつもどおりの穏やかな微笑みを浮かべている。そして……会話は短い。わずかなやりとりだ。とくに驚くような内容はふくまれていない。

サムはタイムスタンプを見た。興味深い。ほんの数秒間の出来事なので、時系列を正確に見きわめるのは難しいが、まず驚きの感覚があって、それから振りかえってアナンダと会話したように見える。

時間を巻きもどし、三つ目として付近を見渡す広角の映像を壁に投影して、また再生した。四分の一の速度。二人の拡大画像はシンクロさせ、それぞれの下にタイムスタンプを表示させる。

アナンダがケイドのうしろで列に並ぶ。無表情のまま、口は閉じている。なにも言わない。ケイドが振りかえる。なぜだ？　ケイドが振りかえると、アナンダの目が動く。沈思黙考か、あるいは周囲を観察しているような遠い目から、眼前のものに焦点をあわせた目になる。一秒経過。サムがケイドの驚きに気づいたタイムスタンプが表示される。さらに一秒経過。そこでようやくアナンダの口が開く。ケイドにつけたバグから音声を聞く。きみ、名前は？

そのあとの展開も興味深い。ケイドは列の先頭にたどり着き、ビールを注文する。ポケットを探っているあいだに、アナンダは立ち去る。仏僧が飲む水もジュースも求めない。ズームアウトして二つのカメラの映像を連携させた。アナンダはだれかを探すようにきょろきょろしながら足早に歩いてくる。やがて一人の仏僧をみつける。百八十センチ近い長身で、痩せて骨張った体つき。大きな鷲鼻が特徴的な顔だ。アナンダと二言三言かわす。鷲鼻で長身の仏僧は低頭し、ケイドとアナンダが会話したバーのほうへすみやかに移動する。

ケイドはビールを手に、バーから少し離れたところに立っている。正体不明の仏僧はケイドの視野からはずれた部屋の隅へ行った。そして振りかえってケイドのほうにむき、待ちはじめる。

この頃にサムはケイドに、そろそろ帰るかとメッセージを飛ばしたはずだ。その反応があらわれた。ケイドはうつむいて床を見ている。考えこんでいるように見えるが実際には脳内でサムとチャットしているのだ。

やがてケイドは顔を上げ、ビールをテーブルにおいて、待ちあわせの出口のほうへ歩きはじめた。サムはふたたびカメラをズームアウトした。あの仏僧がさりげなく追ってくる。ケイドとサムが合流し、いっしょに外に出るところまでを確認している。仏僧はしばし足を止めた。それから二人を追って外へ出た。

サムは屋外のカメラに切り換えた。映像のサムは手を挙げてトゥクトゥクを止める。ケイドとともに乗りこみ、出発する。正体不明の鷲鼻の仏僧は次のトゥクトゥクに乗り、おなじ方向へ走りだす。

やられた。これが二十分前だ。もうこのホテル内にはいっているかもしれない。

〝まずは作戦状況の安全確認をやれ〟──ナカムラからそう教えこまれている。

ケイドのようすを探った。もう眠っている。ぐっすりだ。映像によると服も脱がずにベッドで意識を失っている。廊下のカメラ。無人。階段、ロビー、エレベータ。オレンジの法衣の仏僧も、剃髪した男も見あたらない。バーでは多くの客が腰かけて歓談中だ。

サムはケイドの部屋のドアの制御を奪い、許可するまで解錠しないように設定した。さらに階段室のドアをロック。エレベータはこの階に止まらないようにし、どちらも警報がスレートに届くようにした。

仏僧の顔のアップと歩いている動画を監視カメラ映像から抜き出し、ホテルのネットワークにひそませたCIA製のデーモンに送った。該当する人物はもちろん、剃髪した男や仏僧はすべて監視させるようにした。新しい調査プログラムを派生させ、過去の記録にさかのぼってホテルのログから該当する反応を探させた。

ホテルのロビーと外の監視カメラを、ケイドといっしょに帰着した時点まで巻きもどす。あった。自分たちがトゥクトゥクから降りて、ロビーを横切り、エレベータに乗る。しばらく待った。しかし次のトゥクトゥクはあらわれない。仏僧がはいってきてロビーを横切ることもない。

デーモンから結果が返ってきた。ホテルの全監視カメラの過去八カ月間のデータを検索した結果、オレンジの法衣の仏僧は八五七二回写っている。しかし今回の仏僧はゼロ。過去二十分間にも該当なし。ならばホテル内にはいない。

サムはすこしだけ安心した。あの男は尾行してきたものの、ホテルのなかまではいってきてはいない。そこまでついてきたら、ただの仏僧ではないだろう。一息ついた。尾行に気づいてから四十秒。なんらかの注意は惹いてしまったが、当面の危険は少なそうだ。

支援チームを呼び出し、ニコルズに簡潔に説明した。ニコルズはサムの状況評価に同意した。注意は惹いたが安全はそこなわれていない。それでも地元契約のコントラクターを二人、応援としてロビーにいれる。

いいだろう。この時点で目立つ対応をするのはむしろ危険だ。階段室のロックを解除し、エレベータもこの階に止まるように設定しなおした。ケイドの部屋の施錠はそのままにした。この階にだれか来たら警報が届く設定もそのまま。支援チームはすぐに駆けつけられる。危険はないはずだ。アナンダはなんらかの理由でケイドに注目し、もっとよく知ろうとした。しかし暗殺の危険が間近に迫っているというほどではないだろう。

〝理解を求めるときは、まず広く見よ〟とも、ナカムラから教わった。

広く見よ。もう一度最初からだ。午後遅くにケイドが驚いた場面。部屋と体につけていたバグのフィードを引っぱり出した。ケイドは嘘をつくのも感情を隠すのも下手だ。自前の感情抑制ソフトを起動しているときはべつだが、実際に起動したのは驚いたあとにちがいないとサムはにらんでいた。理由は自分の反応を隠したいか、サムに気づかれたくないか、どちらかだろう。

ロビーやエレベータのカメラには、とくに驚いたようすは映っていない。エレベータを下りたあとだ。室内にしかけた小さなバグの映像は解像度が低い。表情のわずかな変化のように対面でならわかることでも、これでは見てとれない。

では音声だ。サムは音声だけを再生した。ケイドがホテルにはいるところから。ロビーは騒々しい。それでも本人の呼吸と足音は聞こえる。エレベータへの移動はわかりやすい。狭くて比較的静かな空間では呼吸音が際立つ。やがてエレベータのドアが開く。呼吸音が大きくなる。足音。呼吸。ズボンの布地がすれる音。部屋のドアのまえで立ち止まる。ビープ音は、カードキーをドアロックに通して認証されたときのものだ。直後にカチリと音をたててロックが解除される。室内にはいって呼吸を一つ。ここからは体につけたバグに、室内のバグがとらえた音声も加わる。会議のトートバッグが床に落ちたときの軽い衝突音と安っぽいビニールがこすれる乾いた音。靴を脱ぎ捨てるときの呼吸音。包装を破り、口で噛む音。一個目のミントキャンディを口にいれたのだ。そして……リズムが消える。呼吸音が聞こえない。噛む音も聞こえない。一秒、二秒、三秒。そして大きく息を吸い、呼吸が再開する。

ここだ。サムは再生を止めて、目を開けた。映像のケイドは静止している。立ったままコメントカードを手にしている。なにが書かれているのかは見えないが、そのなにかに注意を惹かれたのだ。よし。

アナンダとの会話のほうはどうか。シンクロさせた映像をふたたび引っぱり出した。ケイドが驚いてから、サムが時刻を記録するまで二秒のずれがあると仮定しよう。二秒前のタイムスタンプをマーク……。

今度は十分の一の速度で映像を再生しはじめた。それぞれの顔を拡大した二つの映像と、二人がいっしょに映るところまで引いた三つ目の映像を壁に投影する。

マーカーからスタート。ケイドの顔全体が引きつる。首の角度が変わる。鋭く息を吸う。四分の一秒後に目と顎が左へ動きはじめる。振りむこうとしている。

アナンダはまだ無表情で落ち着き払っている。いや、待てよ。もう一度再生。アナンダのほうに注目して、巻き戻しと早送りをくりかえした。ケイドのうしろで列に並ぶ。そしてマークしたタイムスタンプ。ケイドが反応する。そして四分の一秒後、これだ。アナンダの表情が微妙に変化する。鼻の穴がかすかにふくらむ。千メートル先を見ているようだった目が、正面のなにかに焦点を移す。そのときケイドはまだ振りむきはじめたばかり。数ミリ秒しかたっていない。振りむく動作にアナンダが反応したと考えるにはさすがに早すぎる。高僧はべつのなにかに反応したのだ。

サムは考えこんだ。アナンダは四十年来修行を積んだ仏僧だ。サムがこれまで目覚めている時間より長く瞑想している。表情や奥深い感情を隠すくらい造作ないだろう。涅槃寂《ねはんじゃく》静《じょう》の境地をわがものとしているはずだ。しかしそれも完璧ではない。長年つちかわれた寂静の心を乱したものがある。高名なる仏僧にして実績ある神経科学者、タイ国王の個人的な友人であるソムデット・プラ・アナンダ教授も、一瞬だけ驚いて、仏道修行で得た心の安寧を失った。それが表情にかすかにあらわれている。

原因はケイドのなにかだ。

サムも支援チームも気づかなかったものがある。それは正体不明の仏僧を追ってきた三台目のトゥクトゥク。そしてそれに乗った黒い服で黒い肌の大柄な男だ。

市中心部をはさんだ狭い貸部屋で、ワッツは拡大画像を見つめていた。映っているのは長身、剃髪、鷲鼻で法衣に身を包んだタイ人だ。だれだ、この男は。なぜケイドとカタラネスを尾行するのか。いずれにしてもこれはERDを刺激した。プリンス・マーケット・ホテルには三十分前から軍隊経験者らしい男が二人詰めている。どちらも筋肉を強化されたタイ人で、この暑さのなかでブレザーをはおっている。懐に武器を隠せるような余裕のある寸法のブレザーだ。いまもロビーで発泡ミネラルウォーターを飲んでいる。月曜の夜にビジネスマンが二人、ホテルのラウンジでペリエかなにかを……。なるほど。

仏僧の画像に目をもどした。

だれだ、おまえは。

事態が複雑になる。未知の要素だ。ワッツは未知のものが嫌いだ。

16　予定の小変更

アラームが鳴るまえにケイドは目覚めた。時計を見ると午前五時四十七分。まだ早い。寝返りを打った。しかし眠りは訪れない。

今日は大事な日だ。朱水暎《ジュウ・スイイン》と昼食ミーティング。どんな話になるのか。ポスドクの席を提示されるのか。ネクサスについて質問されるのか。

あのとき彼女の精神が示唆したとおりだろうか。それはこちらの望みと一致するのではないか。

ワッツ。彼はどこにいるのか。連絡をとる手段はないか。

そしてアナンダ教授。あれは本当だろうか。気のせいではないか。あの高僧がネクサスを使っているとは。

ケイドは輾転反側《てんてんはんそく》した。だめだ。考えすぎて眠れない。

起き上がり、カーテンを開け放った。雨が降っている。むし暑く鬱陶しい雨にちがいない。三百メートル下のバンコク市街はすでに活気づいている。道路はスクーター、トゥクトゥク、タクシー、乗用車が無秩序に流れている。ジグザグに進路を変え、かろうじて衝突を避けている。歩行者は安い傘を差したり、もっと安いビニール製ポンチョをかぶったりして歩道の人の川のなかを歩いている。自転車は雨に濡れながら歩行者と車両のあいだをすり抜ける。交差点には一ヵ所をのぞいてすべての角に食べ物の屋台が出ている。麵料理や粘りけの強い米にマンゴーをのせた料理を売り、屋台から湯気が立ち昇っている。屋台が出ていない角には小さな寺院がある。雨にもかかわらずタイ人の男女がひっきりなしに出入りし、祀られた釈迦か菩薩に朝の礼拝をしている。

こんな立場でなければ、この混沌としたエキゾチックな市内へ探検に出かけたい。

しかしケイドは黙ってスレートを開いた。イリヤから旅のようすを尋ねるメッセージが一件届いていた。他に研究室のさまざまな話題でのメッセージが十数件。そのあとに、朱水暎《ジュウ・スイイン》から一通のメッセージが来ていた。

ケイド
昼食の予定が、はずせないべつの用件と重なってしまいました。かわりに今夜の夕食ではいかがかしら？　午後七時にそちらのホテル前へ運転手をやります。
よろしく
SYZ

なんだ。ケイドは肩をすくめた。すぐに短い返信を打った。午後七時ホテル前、了承しました。さらにいくつかのメッセージに返信を書いてから、シャワーを浴びて、朝食に下りた。

サムは朱水暎《ジュウ・スイイン》の予定変更を聞いても落ち着いていた。朝食をとりながら朱《ジュウ》との話の進め方をあらためて打ちあわせる。ケイドは準備万端と感じたし、サムも自信を持ったようだ。

会議は今日も多くのセッションと短い会話の連続でまたたくまにすぎていった。『神経光学――レーザーによる神経シミュレーション』『感情の神経相関解読におけるヒルベルト変換』『計画と熟慮の構造――神経回路と発火パターン』。

計画構造のセッションが終わって昼食へむかいながら、目の隅のなにかに気をとられてそちらを見た。朱水暎《ジュウ・スイイン》だった。会議場の出口方面へ歩いている。いっしょにいるのはだれあろう、ソムデット・プラ・アナンダ教授だった。

興味深い。ケイドが昨夜アナンダと遭遇したこととなにか関係があるのか。ケイドは肩をすくめた。知りようがない。

すくなくとも重要な人物と出くわしたわけだ。

この日最後のセッションはサムといっしょになった。テーマは、『意志の理解――ドーパミンから動的システムへ』。二人はいっしょにすわった。サムは講演を熱心に聴いていた。

二日目のセッションがすべて終わった。朱《ジュウ》の運転手を待つためにホテルにもどらねばならない。サムはナローンから招かれた神経科学学生の親睦会へ行き、ケイドはあとから合流することになった。気が乗れば二次会もあるらしい。

チャットでもう一度サムと予定を確認してから、ケイドはネクサス通信を封鎖した。よし、これで一人になった。ホテルにもどってシャワーを浴び、一枚だけ持ってきたボタンダウンシャツにアイロンをかけて、朱水暎《ジュウ・スイイン》とのディナーにそなえた。

ワッツはメイドといっしょに路地でしゃがんでいた。プリンス・マーケット・ホテルからは四ブロック離れている。ここまで来ればERDの監視網からはずれているだろう。あくまでも期待だが。

いちおう雨はやんでいる。ありがたい。

メイドから期待した返事は聞けなかった。

「カードなかった《マイ・ミー・バート》」

「ゴミ箱も見たか？《ハー・ナイ・トウーン・カヤー》」

「はい《チャイ》」

「ベッドの下も？」《カーン・ラーン・ティヤン》

「はい《チャイ》、はい《チャイ》」

「浴室《ハンナーム》も？」

「はい《チャイ》、はい《チャイ》。カードなかった《マイ・ミー・バート》」

このくりかえしだ。ケイデン・レインの部屋にカードはなかった。あとで記入するつもりでバッグにいれたのか。なんのために？　ケイドがカードに気づかない可能性もあるが……その場合もホテルの部屋のどこかに残っているはずだ。

カタラネスが持ち去った？　なぜだ？　なんらかの方法で気づいたのか。

ぞっとした。カードには自分の名前を表示させた。危険だが、ケイドを納得させ、提案を受けさせるには必要だと思ったからだ。

ここでの自分の存在をＥＲＤに知られたかもしれない。やむをえない。

待っているメイドは苛々して、報酬を払えと手を伸ばしてきた。ワッツは札束をかぞえた。二千バーツ。それをメイドの手に握らせたが、まだ放さない。目を見る。

「仕事はまだある」《ミー・ンガン・フーム》

反対の手の札束を振ってみせる。

メイドは笑顔になった。紙幣を親指でかぞえて、うなずく。行っていいと合図すると、メイドは背をむけて去った。

ワッツは路地に残って、首から吊ったデータチップをいじりながら考えた。ではどうするか。ケイドの同意なしに動くか。その場合はどんな影響があるか。ERDはどんなふうにケイドを脅しているのか。だれが割をくうのか。

ワッツはネクサス5が世界にもたらす光のためなら、数十人程度の命は犠牲にしてもいいと考えていた。しかし自分の立場でそれを決められるのか。それをケイドは認めるだろうか。

くそ。これが二年前なら、銃をぶっ放しながら突入して、有無をいわさずケイドを引きずり出しただろう。あとのことなど考えなかったはずだ。しかしいまは……。

人はみな自力で道を歩かねばならない。自分のカルマを選ばなくてはならない。人がおのれのカルマを選ぶことを認めなくてはならない。

だから選ぶのはケイドだ。可能かどうかはべつにして。それが仏教の教えだ。あらゆる個人は自分で人生の選択をする。ワッツの考えをケイドに押しつけてはいけない。とりわけ多くのことを左右するこの状況では。自分の意志を他人に押しつける者——それは世界の破壊者だ。

ワッツに必要なのは連絡手段だった。決めるのはケイドだと教えられればいい。ケイドを監視しているはずのカメラやマイクに引っかからずにそれを伝える手段。ケイドの体についているはずのマイクに聞かれず、会議場やホテルの監視カメラに映らずに。メモは危険だが、小さな監視カメラではテキストまで読めないと踏んだのだ。

他の方法を探そう。

どんな方法でも確認をとれなかったらどうするか。ケイドがタイに滞在する七日間に、脱出する選択肢がまだ有効であると教えられなかったら？　あるいは確認がとれるまえに状況があやうくなったら？

そのときはワッツが決めるしかない。その場合はカルマなどくそくらえ。結果などくそくらえだ。

サムはケイドが会議場の出口へむかうのを見送った。昨日の件についてまだ問い詰めてはいない。今晩の朱《ジュウ》との会食はできるだけ冷静に、落ち着いてこなしてほしいからだ。

昨夜に続いて今日も興味深いことが起きた。朱水暎《ジュウ・スイイン》とソムデット・プラ・アナンダ教授がいっしょに昼食に出るところを会議場のカメラがとらえたのだ。そして二人を迎えにきた車の運転手は、孔拳隊員。例のクローン兵だった。

昨夜のレセプションから今朝の朝食までに、朱《ジュウ》とアナンダが緊急会談をしなくてはならない事情が持ち上がったわけだ。あれからなにがあったか。朱《ジュウ》とケイドの会話。そしてバーの列におけるアナンダとケイドの思いがけない短時間の遭遇だ。

そのときアナンダが注意を惹かれたのはなにか。なにに驚き、ケイデン・レインがここに来た理由を調べはじめたのか。ケイドの脳に詰まっているネクサス5のことか。そうだとしたら……アナンダはどうやって気づいたのか。まさかアナンダ自身がネクサスの使用者？

九十分後。サムがナローンとディナーをともにしていると、支援チームからメッセージがはいった。神経科学におけるタイの明るい未来を熱心に語るナローンの声を聞きながら、軍用コンタクトで視野の隅に表示してこっそり読んだ。

予備的検査結果を入手。コメントカードに自己破壊式のナノ回路の痕跡あり。自己消去型のメッセージがあったと思われる。レインからの返信は見あたらないものの、隠されているか暗号化されている可能性もある。

やはりだれかがケイドにメッセージを送ったのだ。だれだ。朱《ジュウ》か、アナンダか。内容はなにか。

いよいよケイドを問いただささなくてはならない。隠し事は看過できない。絶対に。今夜、懇親会のあとだ。

〝人間性〟の限界を受けいれる者と、可能性の力を歓迎する者とのあいだで戦争が起きるのは必然だった。人間はわれわれを受けいれず、許容せず、放置しない。われわれが優秀であるゆえに恐れる。ニーチェの言うように、超人を恐れる。恐れるあまり、殺そうとする。多勢に無勢だが、なんとしても勝たねばならない。

――「ポストヒューマン宣言」
記述者不明、二〇三八年一月

犯罪者やテロリストと戦うために禁止技術を使うのは、捜査官の能力を強化するためにやむをえない。それによって戦場で作戦的優位を維持できるし、かならずそうしなくてはならない。ゆえに、今後もあらゆる手段をもちいて捜査官の能力は最高水準を維持する。

ERD方針書、二〇三五年十一月

17　ＶＩＰ

　エレベータのドアが開き、ケイドはロビーに出た。明鏡止水パッケージは最高レベルに設定。一番いいシャツを着て、ネクサス通信は停止している。

　運転手が待っていた。黒のスーツとネクタイ、白のシャツ、黒の手袋と帽子。孔拳隊員、クローン兵だ。

　運転手は笑顔で手を挙げ、歩み寄った。中国訛りの英語で言う。

「ミスター・レインですか？」

「そうだけど」

「風《フェン》と申します」運転手の帽子をケイドにむかって軽く下げた。「朱《ジュウ》博士の運転手をつとめています。お乗りいただけますか？」

「もちろん」

　ケイドは風《フェン》にしたがってドアへむかった。雨は上がり、雲間からのぞく西の空は日没直後のオレンジ色に染まっている。

車は黒光りのするオパールのセダン。中国の最高級車だ。中国のナンバープレートがついている。わざわざ運んできたらしい。

風《フェン》が後部座席のドアを開ける。ケイドはエアコンの効いた豪華な車内に乗りこんだ。インテリアは暗色のウッドとレザー。クラシック音楽が低く流れ、冷えて結露した未開栓の発泡ミネラルウォーターのボトルが二本並んでいる。窓は全面スモークガラスだ。

風《フェン》が運転席に乗りこんだ。

「行き先は？」ケイドは訊いた。

「トンブリー区です。チャオプラヤ川を渡ってすぐで、とてもいいレストランがあります。わたしもバンコクで一番気にいっています」

「どれくらいで着く？」

オパールは静かに走りだした。

「二十分くらいですね。渋滞が少なければもっと早く着けます」

ケイドは後部座席にゆったりともたれた。

「ありがとう」ふと気づいて訊いた。「タイには初めてじゃないんだね」

風《フェン》はうなずいた。

「朱《ジュウ》教授は頻繁にバンコクへ来られます。わたしも毎回同行します」

「朱《ジュウ》博士に付いて長いのかい？」

「三年です。過去最良の上司です」

ケイドに見えるようにルームミラーに笑顔をむけた。

「そのまえは？」

風《フェン》はまたうなずいた。

「陸軍の特殊部隊で、現在も所属しています。特殊警護隊です」

「特殊警護隊？」

「そうです。要人警護を担当し、身辺を守ります」

「朱《ジュウ》博士は軍に守られているのかい？」

「そうです。国家の宝ですから。すばらしい科学者です。中国の将来は科学にかかっていますから、博士はとても重要です。そんな方とのディナーに招待されるのは名誉ですよ」

「ああ、そう思うよ。でも本当はいまも博士のそばを離れてはいけないんじゃないのかい？」

風《フェン》は笑って肩ごしにケイドを見た。

「まあ、そうですね。でも博士は強い方です。自分で身を守れるくらいに」

風《フェン》はそこで口をつぐんで前方の道路を見た。

「博士はいまどこに？」

「行き先の近くで直前まで面会予定をこなしていらっしゃいます。市中心部まで来ていただく必要はありませんから」

　ケイドは大胆な気分になった。明鏡止水パッケージの影響か。かまうものか。

「実際に博士を危険から守ったことはあるかい？　暴漢が襲ってきたとか」

　風《フェン》はしばらく沈黙して、ややゆっくりと答えた。

「申しわけありませんが、お話しできません。軍事上の秘密です」

　興味深い。つまり、〝ある〟ということか。

「代わりに銃弾を受ける覚悟はある？」

「博士に銃がむけられたときに身を挺してかばうか、という意味ですか？」

「そうだ」

　風《フェン》は笑った。

「そのまえに悪党を射殺したいですね」

　親指とひとさし指でつくった拳銃の形をケイドに見せてから、フロントガラスのむこうの標的を撃つまねをした。

　ケイドは冗談として笑った。頭が冴えて計算できる感じだ。この精神状態に慣れたい。

「その選択肢がない場合は？　博士を救うには身をもって銃弾を止めるしかなかったら？」

　風《フェン》はミラーにむかって難しい顔をした。

「うーん、それは悪い状況ですね。わたしが撃たれれば、一時的に博士を守れます。でもそのあとは？　応援がいればいいのですが。でないと敵の仕事をすこし遅らせただけになってしまう。やはり敵を倒すべきですよ。攻撃に勝る防御はないというでしょう」

いったん口をつぐんでから、

「でももちろん、やりますよ。銃弾を受けます。他に方法がなければ」

ケイドは黙ってうなずいた。ＥＲＤのベッカーの問いを思い出していた。同一のＤＮＡを持つ子を何百人もつくりだす目的はなにか？

風《フェン》を見た。クローンをつくるのは強烈な忠誠心のためだ。おなじ遺伝子におなじ訓練。同一の予測可能な行動。完璧な兵士だ。

やはりそうなのだろうか。

「軍にはいるまえはなにをしてたんだい？」さりげなく訊いた。

「入隊前は、まあ、普通の若者ですよ。上海近郊で育ちました。大家族で」風《フェン》は笑った。

「本当に大家族でした。兄弟がたくさんいましたね」

また笑う。最高の笑い話のように。ケイドは明鏡止水パッケージを効かせていてさえも背筋に悪寒がした。

車は走りつづける。頭上では日没のオレンジ色とネオンの光が競っている。昼の雨で濡れた道路が光の川のように輝いている。赤、青、緑を反射し、ゆっくりとオレンジ色が濃くなっていく。

左折したとたんに風景が変わった。車は橋を渡りはじめる。下は茶色く濁った川面。チャオプラヤ川だろう。前方の空は沈んだばかりの太陽の光を鮮やかに反射している。

そのオレンジの後光を背負った寺院がある。ピラミッドのような三角屋根の頂点から、エッフェル塔に似た巨大な石造りの塔がそびえている。夕日と下からのライトアップで琥珀色に輝く。まわりに小さめの塔が四つ。それぞれ三十メートル以上あるだろう。中央の塔は川の西岸でもっとも高い。

「ワット・アルン、暁の寺です」風《フェン》が静かに言った。

「美しいね」ケイドは心から感想を述べた。

風《フェン》はうなずいた。

「朱《ジュウ》教授はいまあそこにおられます。待ち合わせはレストランです」

「近いのかい？」

「すぐそこです」

風《フェン》は前方の河岸を指さした。

タイの古都にちなんだ〈アユッタヤー〉という店名だった。絢爛豪華な河岸の三階建てで、ワット・アルンから数百メートル北にある。両開きの正面玄関の左右に、赤い肌に金色の鎧をまとった魔物の像が立つ。一・五メートルの剣を地面に突き立て、胸の高さにある柄を両手で握っている。

風《フェン》は車からケイドが降りたあとにドアを閉め、その肘に手を添えて女性店主のまえに案内した。

「朱《ジュウ》博士のお客さまです」

玄関からはいると、石の台座に人の大きさの金色の釈迦像が座していた。

「ああ、ミスター・レインでいらっしゃいますか？」

店主は流れるように裾の長い金色のタイのドレスで、髪はつつましく後頭部でまとめている。端的にいって美女だ。

「はい、僕です」

どもらず、つかえずに言えた。自信たっぷりのよく響く声が出た。これに慣れなくては。

「どうぞこちらへ」

メニューを手に嫣然と微笑む。

「ではお食事のあとにまた」風《フェン》が声をかけた。

「きみは来ないのかい？」

「一介の運転手ですから。あなたのような重要人物ではありません」

風《フェン》は軽くお辞儀して車へもどった。

ケイドは店主にむきなおった。店主はまた微笑み、店内へ案内していった。ドレスは体にぴったりしていて、尻の揺れ方に目を奪われる。

気をつけろ。冷静さを失う落とし穴はあちこちにあるんだ。

釈迦像をまわると広い店内が見えてきた。床から天井までの全面窓のむこうに暑い夜の市街がある。川と東岸の王宮だ。しかし窓がもっとも多いのは南側で、西岸のワット・アルンが見える。装飾されたテーブルについた旅行客とタイ人の客を、金色とオレンジ色のランプがひとしく照らしている。

店主とケイドは小さな橋を渡った。店内を小川がさらさらと流れ、下のチャオプラヤ川にそそいでいる。

朱《ジュウ》はケイドに印象づけたいのだ。雇う気満々らしい。

さて、どうするか。

店主は屋上の南東端のテーブルにケイドを案内した。川と寺院のすばらしい展望を楽しめる最高の席。朱水暎《ジュウ・スイイン》がそこから立ち上がる。満面の笑み。落ち着いて、自信に満ち、エレガント。エレガントで危険だとケイドは思った。

勝負所だ。

18　〈アユッタヤー〉

「ケイド。来てくれてありがとう」

朱水暎《ジュウ・スイイン》は両手を差し出した。その目は魅力的に輝いている。

「光栄です、朱《ジュウ》教授」

どちらも着席した。

「すばらしいお店ですね」ケイドは言った。

朱《ジュウ》はまた笑顔になり、風景をふくめて見まわした。

「ここが好きなのよ」そびえるワット・アルンをしめして、「人類はこんなに美しいものをつくるわ」

人類、か。主語は〝わたしたち〟ではなく人類だ。

ウェイターが水と茶を運んできて、メニューを説明した。

「どれもおいしそうだ」ケイドは感想を述べた。

朱《ジュウ》はにっこりした。

「よければわたしが。きっと満足させるわ」

「おまかせします」

朱《ジュウ》は早口のタイ語でよどみなく注文した。ウェイターはにっこりしてお辞儀し、去っていった。

「タイ語を話されるのですね」ケイドは言った。

朱《ジュウ》は微笑んだ。

「あなたの研究の話を聞かせて、ケイド。〈サイエンス〉に載った論文はとてもおもしろいそうね。どんな内容なの？」

ケイドは話しはじめた。あたりさわりなく取捨選択したバージョンだ。従来型のナノチューブ繊維や、朱《ジュウ》の研究室でつくられたモデルをベースに構築したソフトウェアの話をした。ネクサス5のおかげで飛躍が可能になったことや、袋小路の研究ルートを避けられたことははぶいた。

いわばネクサスの力でダ・ヴィンチとおなじ絵を描いたのだ。実際には粗末なクレヨン画にすぎないが、それでもこの分野で何年も先を行く成果だ。

朱《ジュウ》は鋭い質問をした。細部を検討し、高度な結論を導いた。ケイドはついていくのに苦労した。

やがて朱《ジュウ》は納得したようすでうなずいた。

「なるほど、とても印象深いわ」

じっとケイドの目を見る。

ケイドはやや恐縮して控えめに笑った。

「ありがとうございます。光栄です。ランガンもおなじくらいにいい仕事をしました」

料理が到着して、話はいったん途切れた。

小さく盛った皿をウェイターはそれぞれ詳しく説明した。

ヤムマムアン、風味豊かなマンゴーのサラダ。

パッド・パックブーン、空心菜の炒め物。

クン・クラティアム、ぴりりとしたニンニクと海老の揚げ物。

パッド・バイ・ガパオ、バジルと鴨の炒め物。

パット・クイティアオ、牛肉の焼きそば。

家庭料理のスタイルで供されるおいしい料理を、二人はそれぞれ感想を述べながら食べていった。朱《ジュウ》は料理にこだわりがあり、ケイドもしだいに影響された。ウェイターはさわやかな冷たいグアバジュースを運んできた。話すうちに空は漆黒に変わり、テーブルには明かりがともされた。南には琥珀色にライトアップされたワット・アルン。東にはネオンが輝く川むこうの市街。

朱《ジュウ》は話題を料理から神経科学にもどした。分野のあらゆる話題でケイドに質問をぶつけてくる。口頭試問だ。質問は長く早口で、話題は広く深い。創造性の神経基盤。人間知性を増強できる見通し。人間精神をコンピュータにアップロードする場合の困難。睡眠の進化的基盤。人間の脳における蓄積能力の限界。人間が時間を知覚する理由。

どの質問も現代神経科学の最前線の話題で、思弁的で明確な結論がない。不完全なデータから要素をまとめ、直観を働かせ、可能性をしめす必要がある。〝わからない〟という返事は許されない。知識にもとづいて推測し、自身の考えを述べなくてはいけない。刺激的だった。それらの質問の答えを彼女自身は持っているのだろうかと思った。

ふいにケイドは感じた。朱《ジュウ》の精神がこちらに伸びている。その好奇心と明晰な精神が感じられる。すごい。広大かつ繊細。これまで感じたどんな精神ともちがう。

精神接触したかった。しかし真意を明かすわけにいかない。精神を開いたら、ここへ来た目的も、自分を送った組織も漏らしてしまう。

話しつづけるしかない。なにも感じていないふりをして。

朱《ジュウ》は考えこむ表情でケイドを見つめていた。

ワッツは〈アユッタヤー〉の北にある建物の屋上から、レストランのようすを見ていた。腹ばいになって微動だにせず、スコープをのぞく。服にしこまれたカメレオンウェアによって姿は屋根に溶けこんでいる。

まずケイドがいる。その相手を顔認識ソフトにかけてみると、上海交通大学の朱水暎《ジュウ・スイイン》教授のようだ。レインの研究分野におけるトップクラスの研究者であると同時に、中国国防部ともしばしば交流がある。そんな人物がここでなにをしているのか。

もっと気になるのがその車の運転手だ。顔に覚えがある。危険な男。死んだはずの男だ。場所はカザフスタン。反政府勢力の指揮所から出てきた中国人の〝軍事顧問〟だった。ワッツたちはその存在を知らずに指揮所を攻め落とした。姿をあらわした男は猛烈に抵抗した。あんな戦い方をするやつは後にも先にも見たことがない。そいつは死んだ。なのになぜここにいる？

朱水暎《ジュウ・スイイン》は満足げな吐息を漏らした。食事の官能的な満足感がケイドのほうへ流れてきた。想像とは異なる彼女の一面だ。

「ケイド、あなたを招いたのには裏の動機があるのよ。まもなくわたしの研究室にポスドクの空きができる。あなたは有力な候補になると思う。興味はある？」

東の空で稲妻が走った。雷は郊外のどこかに落ち、一瞬の閃光で空を明るくした。

「光栄です。教授の研究室の方向性を教えていただけますか？」

「研究目標は三つある」朱《ジュウ》は指折りかぞえた。「一つ、脳対脳の直接コミュニケーション。二つ、人間知性をスーパーヒューマンのレベルまで増強すること。三つ、人間精神を機械システムにアップロードすること」

ケイドはまばたきした。

「驚いた？」朱《ジュウ》が訊く。

ケイドはうなずいた。

「いい目標だと思います。しかし法的にどうでしょうか。コペンハーゲン協定は？」

朱《ジュウ》はまっすぐに見つめ返した。

「法律も協定も変わるわ。規制はいずれ終わる。わたしたちはそのときにそなえる」

ふたたび朱《ジュウ》の精神を感じた。未来が垣間見えた。研究の足枷がはずれるとき、そこから人間精神を自由に改造できるようになる。みずからを拡大し、引き上げ、進化の次のステップに踏み出せる。彼女が描く人間の未来は崇高だ。ケイドもそれを求めたかった。実現したかった。

ビジョンが投影される一方で、朱《ジュウ》の精神に探られているのを感じた。手招きし、たぐり寄せようとしている。朱《ジュウ》のネクサス・ノードが親和性の探索信号を発信し、ケイドの脳内の相補的ノードを探している。その波が頭のなかに広がるのを感じた。脳内のネクサス・ノードが朱《ジュウ》の信号に共鳴しようとする。反応したがっている。それをネクサスOSとケイド自身の意志の力で抑えた。

ここへ来た目的を知られるわけにはいかない。

つとめて自然な態度で言った。

「朱《ジュウ》博士のビジョンには感銘を受けました。先行的な研究はすばらしい」

朱《ジュウ》は茶器に唇をつけて一口のみ、しばし目を閉じて味わった。

「ええ。先行するのはいいものよ」

そして、彼女はなにかをした。ケイドに理解できないなにかだ。朱《ジュウ》の脳から新しい探索信号が発されたのだが、パターンが速く、複雑すぎてついていけない。色と形が頭にひらめく。なにが起きているのか。変化を感じた。エラーだ。脳の中心付近でなにかがはじまっている。ネクサス・ノードが制御下を離れ、勝手にパターンを発信しはじめている。ケイドの意思に反している。そして変化は拡大している。

ケイドは急いで、ランガンが組みこんだ防御機能を起動した。

activate: aegis

盾《イージス》という名の防御プログラムがファイアウォールを立ち上げ、外部信号を遮断した。思考のまわりに巨大な障壁を落として外界から隔離するようなものだ。番犬《ウォッチドッグ》を立ち上げて脳内の反乱ノードを切り離し、キル信号で停めていく。

落ち着け。自分に言い聞かせて、穏やかな笑みを朱水暎《ジュウ・スイイン》に返した。

さらに多くのエラーメッセージが視界に流れる。ウォッチドッグが手こずっている。脳内のノードが朱《ジュウ》につながろうとしている。そのパターンが広がっていく。反乱ノードがさらに増え、朱《ジュウ》のほうにつく。発信出力がマイクロワットからミリワットへ上昇する。伝わったか？　伝わるまえに停めなくては。

無線ファイアウォールのインターフェースを呼び出し、スイッチをいれた。自分の脳から出る信号を停めるのだ。しかし変化がない。よそ者の信号が脳内に広がり、朱《ジュウ》のほうへ伸びていく。今度はネクサスOSの動作まで不安定になってきた。エラーが増加する。ケイドのネクサス・ノードが朱《ジュウ》の支配下にはいっていく。

劣勢だ。障壁が崩れていく。自分のネクサス・ノードが朱《ジュウ》のノードに同期しはじめる。精神の一部が接触しはじめている。彼女の精神は壮大で崇高だ。

打つ手がない。もはや脳内をすべて止めるしかない。

system halt（システム停止）

ケイドはコマンドを打った。

system halt

コマンドが通った。プロセスが次々と停まっていく。ウィンドウが閉じていく。そして明鏡止水パッケージのコードも――セロトニンを増やし、心拍と呼吸を一定に規制し、恐怖信号が扁桃体を通じて広がるのを抑制していたものが――止まった。

しかしウイルス的なパターンは止まらなかった。

脳内のネクサス・ノードはあいかわらず朱《ジュウ》のほうへ伸びようとする。額に玉の汗が浮かぶ。心臓が喉もとまで迫り上がる。

完全に乗っ取られた。残る手段は一つだ。

火山。マストドン。杉。

発音を聞きながら、三つのシンボルを頭のなかで重ねた。マントラが頭のなかに広がり、圧縮されていた人格が頭のなかで急速に展開する。既存の記憶が、アイデンティティが、思念が消え、置き換わっていく……。

世界が一瞬ぼやけ、そしてふいに新たな焦点を結んだ。ケイドはまばたきした。めまいがして、急に……混乱した。もう一度まばたき。水のはいったグラスを持ち上げる。手が震えている。なんだ、緊張しているのか。ところで、いまなにをしていたのだろう。

「失礼しました、朱《ジュウ》教授。なんの話でしたっけ？」

顔を上げて尋ねた。

19 混　乱

　ワッツは遠くから辛抱づよく見ていた。ディナーは笑顔と歓談が続いていた。ところがなにかが起きた。朱《ジュウ》の顔から笑みが消え、かすかに首を振った……と思うと、今度はケイドに変化があった。懸念の表情がよぎり、目を閉じ、がくりと首を下げる。まるで失神するように。ふたたび目を開けたときには、なにかが変わっていた。グラスの水を飲む。その手が震えているのがスコープごしにもわかる。身振りさえも一変した。背中を丸め、内向的になっているように見える。

　一方の朱《ジュウ》は最高度に緊張している。ワッツは直感的に地上にスコープをむけた。いた。ケイドを降ろした車の運転手が足早にレストランにむかっている。

　ワッツは距離を考えて、先まわりは無理だと判断した。そこでバッグに手をいれ、違法性がきわめて高いライフルを引っぱり出した。銃身をねじこみ、いままで使っていたスコープを上面の溝にカチリと音がするまではめこむ。組み立てた狙撃用ライフルを見てしばし考えた。これを使うのか。殺すのか。まだ決心はつかない。

「……なんの話でしたっけ？」

ケイドは尋ねた。ふたたびまばたきして、頭のなかの霧を払う。

朱水暎《ジュウ・スイン》はじっとこちらを見ていた。首を傾け、わずかに唇を開き、目を細めて、とても謎めいた科学的サンプルを観察するように見ている。

「話は……」ゆっくりと言葉を選んで言った。「……おたがいの理解、それぞれの目的の理解が重要だということよ」

「ええ……そう、もちろんです」

なにが起きたのかわからないが、もう大丈夫だ。頭ははっきりしている。まだ時差ボケが残っているのだろう。

ケイド？

驚いて目をぱちくりさせた。朱《ジュウ》の精神がいきなり接触してきたのだ。言語思考を送ってきた。ネクサス使用者なのか？

ケイド、話しつづけなさい。こういうコミュニケーションをしていることを表に出さずに。

表に出さずに？　なぜだ。

「まったく同感です。理解は重要ですからね」声に出して言った。

朱《ジュウ》はなぜこんなことができるのか。自分の頭はどうなっているのか。なぜネクサスOSが停止しているのか。彼女はどうやって話しかけているのか。

ケイド、あなたもおなじやり方で話せるのよ。……こんなふうに。

なるほど。感覚的にわかった。試しに送ってみた。

もしもし？

それでいいわ。あなたはちょっとした……発作を起こしたのよ。いま調べているところ。こちらに対して緊張を解いて。普通に話しつづけなさい。

ケイドはぞっとした。発作だって？　ネクサスの副作用だろうか。火遊びがすぎて、とうとう火傷したのか。

わかりました。

朱《ジュウ》の精神が軽く接触してくるのを感じた。徐々にはいってくる。

ケイドは研究について適当なことをしゃべりつづけた。

そのあいだも頭のなかに朱《ジュウ》の精神を感じた。深く広くはいってくる。思考が枝分かれしてあらゆるところに侵入する。これまでにネクサスで接触したどんな人間とも異なる。朱《ジュウ》の精神はケイドの内側を満たした。

話しつづけて。

ケイドは適当なことを口でしゃべった。朱《ジュウ》がうなずき、返事をしているのをぼんやり感じる。

落ち着けと自分に言い聞かせた。朱《ジュウ》の精神が浸透してくる。記憶に次々とふれている。怖い。抵抗すべきだ。見せてはいけないものがある……。

汗が流れる。朱《ジュウ》の詮索が強烈だ。その精神は巨大で、あらゆるところへ触手が伸びる。

深呼吸しろ、ケイド。落ち着け。

落ち着く。そう、呼吸だ。自分を落ち着かせる手段を持っていた……なんらかのソフトウェア……自分で書いた……。

ケイド、あなたの記憶は何者かに操作されている。あなた自身からもなにかを隠しているのよ。

記憶を？　なんてことだ。いったいどうなっているんだ。

力を抜いて。わたしに開いて。完全に。操作を解除してあげられるはず。

朱《ジュウ》は安心と同情とやさしさをかもしている。

すこしめまいがするかもしれない。夢から覚めるときのように。

ケイドは困惑した。たしかに記憶がぼやけている。矛盾がある。なにが起きたのか。朱《ジュウ》は口でしゃべりつづけて、間をもたせている。動物実験の話題だ。ほとんどついていけない。

記憶を再構成するわよ……ほら。

朱《ジュウ》の精神がケイドのなかでさらに拡大する。充満し、あらゆるところに同時にふれている。なにをしているのか想像もつかない。

自分の記憶をつなぐリンクが見えた。朱《ジュウ》が探索している。ケイドの思考と記憶を異常な速さでかきわけている。ネクサスのキャリブレーションのように集中的だ。どうしてこれほど大量の情報を処理できるのか。どうして朱《ジュウ》の精神はこれほど巨大なのか。

待てよ……。

思い出した。記憶が次々と蘇ってきた。朱《ジュウ》が解放しているおかげだ。ERDのブリーフィング、ミッション、ランガンが組みこんだ防御機構、トレーニング、偽の記憶……。そしてパニックコード。電話から使うもの。助けを呼ぶためのコード。緊急用の。

電話に手を伸ばそうとした。しかしなにも起きない。意思に反して手が動かない。もう一度試すが、だめだ。叫んで助けを呼ぼうとしたが、それもだめ。朱《ジュウ》に体を麻痺させられている。体を支配されている。

ケイド、落ち着いて。あなたに起きたことを理解する必要がある。

まずい。自分がなにをしにきたのか思い出した。朱《ジュウ》に精神をのぞかれているのなら、こちらがスパイだとばれたはずだ。脱出しなくては。

最後の武器が残っている。ランガンがくれた武器。そのためにはネクサスを立ち上げる必要がある。

restart

ブート・シーケンスが脳内の視野でスクロールする。自分のなかに注意をむけると、朱《ジュウ》の存在がよりはっきりわかった。

朱《ジュウ》はケイドの脳の数百万のネクサス・ノードを、自分のノードに同期させている。ケイドのノードを多数の複雑な回路として構成し、センサーやマニピュレータとして働かせている。ケイドの変化を興味深く見守っている。多くの回路がネクサスOSにつながり、観察し、部分ごとに分析している。

しかしそれらの回路はケイドの脳にある。こちらの精神にある。だから奪い返せる。

かつてランガンやイリヤやワッツとやった押し引き《プッシュ・プル》を思い出す。ネクサスを使って精神どうしを同期させ、こちらの思考で相手の体を操作する遊びだ。ネクサスを伸ばしてイリヤの手を動かしたり、ランガンをまばたきさせたり、ワッツに任意の単語をしゃべらせたりした。ネクサスを通じて適切な信号を相手の脳に送る。その信号が充分に強く、本人の思考より明晰であれば、本人の脳の信号を打ち消せる。相手を制御できるのだ。いま朱《ジュウ》がやっているのはそういうことだ。

しかしこの遊びではケイドに一日の長がある。

朱《ジュウ》によって精神内につくられた回路を押しのけた。回路を阻害し、侵入した信号から神経細胞を解放する。回路は曲がり、ねじれるが、壊れるまでにはいたらない。ケイドは深呼吸して、さらに強く、全力で押した。すると回路ははじけ、ちぎれ、混乱しはじめた。ケイドの脳の明晰さが朱《ジュウ》の外部信号を押し返していく。一時的に朱《ジュウ》をほぼ排除できた。

体の外の朱《ジュウ》はしばし目を閉じて、さっきからおなじ話をくりかえしている。

「それはもうお金で買えない瞬間だったわ。実験動物はすばらしかった」

一方で精神には朱《ジュウ》の思念が送られてくる。

わたしは敵ではないのよ。抵抗をやめなさい。

ケイドは精神の力をゆるめ、一息ついた。そのすきに朱《ジュウ》の精神がふたたび侵入した。彼女の回路が再構成されていく。とてつもない量の無線通信が流れこみ、ケイドの脳のネクサス・ノードを制圧していく。センサーが再構成され、マニピュレータが再構成される。

ケイドは歯を食いしばった。ここで屈したら、ERDに送りこまれた経緯がばれてしまう。そうなったら……。

精神の力を振り絞って、朱《ジュウ》の回路をふたたび妨害した。すこしだけ追い出すことに成功する。力んで声が漏れた。額のあたりで痛みが走る。視界が揺れる。


ケイド、やめなさい。話をしたいのよ。


こんな精神の力くらべをいつまでも続けられない。押す力が不安定になった。朱《ジュウ》の思考がまた侵入してくる。広く、深くはいってくる。ケイドを分析している。思考を分析し、記憶に分けいり、精神をこじ開けようとしている。起動途中のネクサスOSの複雑さを理解しようとしている。

そんなことが可能なのか。これほど巨大な精神があるのか。ホルツマン博士が言っていたとおりだ。スーパーヒューマンの知性。ポストヒューマンだ。ケイドの命などなんとも思っていない。

よし、OSが立ち上がった。冷静な感覚ももどってきた。明鏡止水パッケージが冷静な状態を再構築した。ランガンが組みこんでくれた武器をもう一度使おう。そこでしばしためらった。そんなことをしていいのか？

しかし他に方法はない。朱《ジュウ》を攻撃して拘束を解く。電話に緊急コードを打ちこむ。そして逃げるのだ。

activate nd*

ネクサス《n》妨害《d》プログラムの信号が脳全体に発信された。フィルターのおかげでケイド自身への信号は減衰している。朱《ジュウ》の精神が愕然として身もだえた。叩かれたように硬直する。

ケイドは強い頭痛に顔をゆがめた。フィルターを介しても強烈だ。

手を動かそうと試みたが、まだ動かない。

妨害の強度を上げ、フィルターもおなじく強化した。ネクサス・ノードすべてに浸透させる。精神がノイズにおおわれた。まだ大丈夫。耐えられる。まだ大丈夫。ケイドは歯を食いしばって苦痛をこらえた。

肩にだれかの手がかかった。しかし気にしない。やれる。やらなくては。

もういい！

朱《ジュウ》が声と精神の両方で言った。彼女の精神が変化した。送られる信号の明晰度が上がった。強く連続的なデータ流が無数のノードからいっせいに送られてくる。送信出力も大きい。ケイドは圧倒された。脳内のノードの制御を失っていく。ふたたび朱《ジュウ》の支配下に落ちる。圧倒的なデータ流……。

すべてが真っ白になった。全感覚が過負荷になった。ノイズではない。一本の明晰な波だ。すべてが単一の振動するリズムになる。

思考が消える。

時間が消える。

空間が消える。

自我が消える。

すべてが消失。

ただ

白く

白く

真っ白に

塗られて

ワッツは緊迫した。忘れようにも忘れられない顔の運転手が、階段から屋上に出てきたのだ。ケイドは背をむけている。運転手は店の従業員に警戒されない歩き方で接近する。

ワッツはライフルの安全装置をはずした。運転手の背中をスコープの中心にとらえる。

しかし撃つとしても……一発で倒せるか？　かつておなじ顔の男を倒したときは何発も必要だった。

決断が必要だ。いま悪い予感にしたがって撃つのか。不完全なデータにもとづいて殺すのか。それとも状況を見守るか。

ワッツは深呼吸した。衆人環視の場だ。ケイドは朱《ジュウ》といっしょにいるところを見られている。たとえ殺す気でも、ここではやるまい。

運転手はケイドの肩に手をかけた。ワッツは緊迫したが……なにも起きない。ためていた息を吐いた。しかしスコープの照準は運転手の頭にあわせたままにした。

20　ただの人間

意識はゆっくり、断片的にもどってきた。生きている。名前はケイド。ケイデン・レイン。

視界もぼんやりと蘇る。しだいに、めまいをともなって。朱《ジュウ》がこちらを見ている。意識を失ったのはどれくらいの時間だっただろう。気がついてからどれくらいたったのか。

話そうとしたが声は出ない。心臓は胸のなかで動いている。精神を朱《ジュウ》のほうへむけようとして、それも制限されているのがわかった。ポケットの電話をつかもうとしたが、手は指示どおりに動かなかった。ネクサス妨害はもう働いていない。起動を試みたが、ネクサスOSが反応しない。

背筋が冷たくなった。つまりそういうことだ。負けた。朱水暎《ジュウ・スイイン》に乗っ取られた。

かつてサムにやったのとおなじだ。

朱《ジュウ》に精神と記憶を探られているのがわかる。ネクサスOSの製作。パーティ。破綻。朱《ジュウ》についてのブリーフィング。送りこまれたミッション。

愚かね、ケイデン・レイン。

来たくなかった。脅されたんです。

朱《ジュウ》からは哀れみも同情も感じなかった。

わたしのところへ来ればよかったのよ。話せばよかった。保護してあげたのに。わたしたちは似ている。立場はおなじよ。

そうだろうかとケイドは思った。

あなたは多くの点で非難されています。証拠を見せられました。ネクサスを使って多くの人を殺し、あるいは強制支配していると。僕の精神を乗っ取ったように人々の精神を乗っ取っていると。

朱《ジュウ》はケイドを叩いた。精神で、だ。しかしおそろしく痛かった。右手で頬を強く張られたように顔がひりひりした。骨が折れて血が出て痣ができたような気がした。しかしぴくりとも動けない。まばたきして、鼻から息をするだけ。顔が痛み、涙がこぼれた。

傲慢な若造ね。わたしにモラルを説くなんて。あなたの仕える怪物がなにをしたか知っているの？　これを見なさい。

朱《ジュウ》の精神から送られるイメージを見た。サイゴンの売春宿で死体となって発見された中国人科学者。オーストラリア奥地の崖下で発見されたレンジローバーからは、焼け焦げて判別不能の死体が出てきた。デリーの自動車爆弾で粉々の肉片と化したインド人ＡＩ研究者。自宅で自殺と推測される状況でみつかったアメリカ人遺伝学者、など。

最悪のものはこれだ。朱《ジュウ》の師匠であり、ノーベル賞神経科学者で、偉大な精神の持ち主であった楊《ヤン》・巍《ウェイ》。彼はアメリカの攻撃を受けてリムジンに閉じこめられたまま焼け死んだ。朱《ジュウ》はその苦悶の死を見ながらなすすべがなかった。

朱《ジュウ》の精神は怒りと憎悪に満ちていた。アメリカを嫌悪していた。

進歩を阻止するために彼らは殺人を犯すのよ。自分たちが恐れる科学を止めるために。人間の進化をさまたげるために。あなたはそんな連中のために仕事をしているのよ。

ケイドは震えた。

朱《ジュウ》博士は人殺しと呼ばれています。政府の暗殺行為を助けた、そのためのツールをつくったと。

朱水暎《ジュウ・スイイン》は精神でため息をついた。後悔の念を発散させる。

ええ、わたしのつくったツールが使われたのはたしかよ。中国政府もそちらの政府と五十歩百歩ではある。科学を手にすると乱用するのが彼ら。

では真実なのか。朱《ジュウ》のツールを殺人に使ったのだ。

朱《ジュウ》は続けた。

でもアメリカ政府もおなじよ。あなたのツールを意図しないことに使う。

そうはさせません。

朱《ジュウ》は精神内で嘲笑した。

使用許可など求めてこないわよ。

やめさせます。かならず。

ケイドの思考にべつの写真が浮かんできた。そっくりおなじ顔の孔拳隊員がずらりと並び、そのまえに朱 水 暎《ジュウ・スイイン》が立っている。盛大な効果音をつけるように朱《ジュウ》は左右に手を広げている。

中国が特殊な兵士をつくるのに協力したそうですね。クローン兵、人間のロボットを。

朱《ジュウ》の精神は怒りで硬くなった。

あなたの背後にも一人いるわよ。意見を求めてみたら?

朱《ジュウ》は冷たく、険悪な口調で言った。

肩におかれた手のことだ。

風《フェン》の笑い声がケイドの精神内で響いた。

　ロボットですか。いいですね。ロボットは強い。チタンとカーボンファイバーでできている。防弾仕様だ！

朱《ジュウ》が声に出した。

「風《フェン》、せっかくだからあなたもすわって食べなさい。注文しすぎてしまったようだわ」

風《フェン》はケイドの隣の席に腰を下ろした。食欲と愉快な気分を発散させながら取り皿に料理を山盛りにする。

ケイドは風《フェン》に思念を送った。

　きみはクローンだ。奴隷だ。証拠を見せられた。

風《フェン》はまたケイドの精神内で笑った。ロは焼きそばでいっぱいだ。

たしかにクローンですよ。お話ししたとおり、大家族でした。兄弟がずらり。奴隷？それはアメリカ政府の主張にすぎない。わたしは自由です。兄弟たちも。朱《ジュウ》博士のおかげです。

「うん、この焼きそばはおいしいですね！」

朱《ジュウ》が割りこんだ。

ポストヒューマンを人間ごときの奴隷とする考え方は許せないわ。

ケイドは朱《ジュウ》に送った。

朱《ジュウ》博士、降参です。こんなことになって残念です。どうすれば僕を解放してもらえますか？

朱《ジュウ》は茶を飲んだ。バンコクの東の郊外に落ちたらしい落雷を見る。

「嵐の気配。どう思う？」

ケイドは体の一部が動かせるようになったのを感じて、そちらに顔をむけた。雷が近づいているのだろうか。よくわからない。

あなたは危険人物よ、ケイデン・レイン。アメリカ政府が恐れるのも当然。この技術は爆発的な潜在能力を持つわ。ただの人間はわたしたちにかなわない。

僕はだれも傷つけません。絶対に。

朱《ジュウ》は嘲笑した。

いまのあなたはかろうじて精神を自分の支配下においているだけよ。自由意志など風前の灯。

ケイドは返事をしなかった。しばらく沈黙が流れた。

やがて朱《ジュウ》が送ってきた。

わたしの研究室に来なさい。ポスドクの提案を受けて。ERDにはスパイを続けていると思わせておけばいい。

ERDへの憎悪だ。思考のはしばしに感じる。

朱《ジュウ》は続けた。

ERDには気をもたせる情報を送っておく。そのあいだにこちらは顕著な研究成果を挙げるのよ。


イメージと計画が洪水のように押し寄せてきた。どれも垣間見えるだけだ。増強知性への道すじ。脳からコンピュータへの精神アップロード。サヴァン症候群的な認知能力。超記憶。データマイニングをも圧倒するパターン認識。知識バンクの精神間共有。真の融合による集合的存在。変容する政治、経済、芸術……。その知性と創造性が物理学、数学の深遠な謎を解き、人類のあらゆる科学を解明する。

朱水暎《ジュウ・スイイン》は世界を変えるだろう。人間精神を新たな高みへ引き上げる。ケイドもそれを手伝えるのだ。ポストヒューマンとして。彼女の知識によってアップグレードされ、強化された人間として、この新世界の構築を手伝える。

陶酔する。求めるものがすべてである。あらがえるわけがない。

なにごとも鵜呑みにするなと、かつてイリヤから言われたことがある。しかしこの誘惑をはねのけ、懐疑主義にとどまるのは大変な努力を要した。

中国政府もあなたの科学を乱用するのでしょう。僕の発見も軍事転用されるはずです。

朱《ジュウ》は地平線を見やった。その思考の末端が感じられる。遠い遠い昔に起きたことについて考えている。

最重要の成果は隠しているわ。でも多少の進歩は提出しなくてはならない。いまはね。

いつまで？

もうすぐ終わるわ。

朱《ジュウ》の思念は冷たくよそよそしかった。

いずれ戦争になる。世界戦争よ。中米戦争ではない。人間とポストヒューマンの戦争。すでにあらゆるところに兆候があるでしょう。人間はポストヒューマンへの移行を全力で阻止しようとしている。わたしたちは人間の支配から脱しようとあらがっている。

ケイドは戦争という言葉を精神のなかで何度も考えた。

世界戦争……たくさんの人が死ぬ。

広い視野で考えなさい、ケイド。猿より人間がすぐれているように、人間よりはるかにすぐれた存在が世界に満ちるのだと想像して。それがわたしたちの住む未来。わたしたちがつくりだす未来よ。価値ある目標でしょう？

たしかにそうだ。朱《ジュウ》もそれを確信している。

そのためには多少の犠牲もやむをえないと思うでしょう？

ケイドはうまく答えられなかった。適切な言葉で説明できなかった。

他人の命を勝手に犠牲にしていいはずはありません。

朱《ジュウ》は精神で肩をすくめた。

世界人口は八十億人以上よ。多少の損失は許容できる。

しかしそこは重要な点だ。世界をよくするために少数が抹殺されるのを許容するのか。数十人ならいいのか？　数千人ならどうか。数百万人なら？　どこで線を引くのか。精神を改造する自由のためにだれかを殺していいのか。新たな高みに昇るために、ポストヒューマンを生み出すために、殺されていいだれかがいるのか？

朱《ジュウ》はケイドの思考の要点をつかんでいた。

これは指向的進化なのよ。自然淘汰ではいったい何世代かかるかしら。百万世代？　早く自分たちを引き上げればそれだけ犠牲者も少なくてすむ。加わりなさい。あなたも進歩を手伝いなさい。

戦争。人間の条件をめぐる戦争。自己改造の権利を求める戦争。人類の後継種族をつくりだす戦争。ユートピアを開くための戦争。すでにはじまっているのだろうか。ＥＲＤはポストヒューマンの誕生を阻止するために戦う軍隊なのか。そして進化。進化はたしかに血塗られたプロセスだ。そして戦争は膨大な死者を意味する。

手に負えない。考えが頭からあふれる。いったん退いて整理したい。

ちょっと考えさせてください、朱《ジュウ》博士。

冷静になろうと努力した。いまは手に負えない。無理だ。

考えるべきことが多すぎて。

朱《ジュウ》は肉体の目でケイドを見た。値踏みされているのをケイドは感じた。精神を探られている。

もちろん、いいわよ。

朱《ジュウ》はうなずき、声での会話を続けた。

「風《フェン》、あなたは天気をどう見る？」
風《フェン》は料理から水平線へ目をやった。
「こちらへ来るでしょう。三十分ほどでまた雨になりそうですね」
ケイドはふと考えた。

中国を出ようとは思わないんですか？　アメリカに来ればいいでしょう。

朱《ジュウ》はばかにするように精神内で鼻を鳴らした。

あなたの国のほうが自由が少ない。中国政府はポストヒューマンを規制しないのよ。最初のポストヒューマンが中国人でさえあれば。アメリカは規制する。ばかげているわ。ポストヒューマンが国家に縛られるとでも思っているのかしら。

他の場所でもいいですよ。たとえばこのタイでも。

そこまで自由の身ではないわ。

伝わってきたものがあった。義務。母の愛。そして少女のイメージ。長い黒髪に黒い瞳。娘だ。

名前は灵《リン》。〝思いやり〟という意味よ。

お嬢さんですか。

そう。

彼女を弱みとして握られていると？

その一つではあるわ。

べつのイメージがケイドに送られてきた。朱《ジュウ》自身だ。若い。妊娠してお腹が大きい。手術室。朱《ジュウ》は頭髪を剃られている。不安、孤独、苦痛。成功例のないことを試そうとしている。そして……啞然とするものを見せられた。プロセッサのネットワーク。巨大な計算能力。膨大な記憶能力。その結果生みだされる前代未聞の強力な精神。それが朱水暎《ジュウ・スイイン》を吞みこみ、さらに広がっていく。

「信じられない……」ケイドは思わず口に出した。

「ええ、美しいわね」

朱《ジュウ》は空を見上げて言い、口を滑らせたケイドをフォローした。

ケイドは精神で送った。


あれはあなたですか？　つまり、あなたはアップロードされた精神？　病気……だったんですね。だから試みるしかなかった。そして成功した。世界初のデジタル人間になった……。


頭がくらくらした。いま見たものを理解しようとつとめた。

朱《ジュウ》はしばらく沈黙した。ケイドは恐怖と畏怖が背筋を這い上がるのを感じた。うなじが総毛立つ。暑いバンコクの夜のなかで寒気がした。

朱《ジュウ》は精神で答えた。


冷静になって。見せてはいけないものを見せた。本当はよけいなことを知らないほうがおたがいの安全のため。

　二人はしばらく黙って、東の空にひらめく遠雷の光を見つめた。

「上海のわたしの研究室に遊びにきなさい」朱《ジュウ》は声で言った。「共同研究者のランガン・シャンカリもいっしょに。研究室を見て、ポスドクや院生や他の教職員と会って。そうすれば、やれそうかどうかわかるはずよ」

　同意しなさい。あなたの上司からはスパイとして働いているように見える。詳しいことは後日打ち合わせればいい。

　ありがとうございます。

「とてもいい案ですね。ご招待を感謝します」ケイドは口でも言った。

　勘定書が届けられた。

　風《フェン》は車を取りにいき、残った二人は地平線から近づいてくる雷雲を眺めた。稲妻がひらめく。これまでより近い。数秒遅れて雷鳴が轟く。雨粒が対岸に落ちはじめる。

　しばらくして朱《ジュウ》は言った。

「さて、ケイド。風《フェン》が車をまわしてくるわ。次の予定の場所まで送ってあげる」

ケイドは拘束が解かれるのを感じた。体も精神も自分のものにもどった。ほっとする。降りはじめた雨にオパールが車体を黒光りさせながらエントランス前にもどってきた。風《フェン》が開けたドアから、まず朱《ジュウ》が、続いてケイドが乗りこむ。出発してしばらくは無言が続いた。やがてまた朱《ジュウ》の精神が伸びてきた。

選択は早めにね、ケイド。ERDは人類が次の段階へ進むことを阻止するために存在する組織よ。衝突は避けられない。

朱《ジュウ》は間をおいて、続けた。

決めなさい。進歩の陣営につくか、それとも……停滞の陣営に残るか。

ケイドはそれらを考えた。

僕がつくのは平和と自由の陣営です。

朱《ジュウ》は精神で苦笑した。

本当にナイーブね。

ケイドは答えなかった。濡れてネオンを反射する道路が窓の外を流れていく。

朱《ジュウ》がまじめな調子にもどった。

ケイド、ＥＲＤは今夜のディナーについてあなたの記憶を調べるはずよ。対策としてべつの台本をしこむ必要がある。精神をこちらに開いて。

拒否はできないんですね？

強制はしない。でも今夜の会話がＥＲＤに知られたら、あなたにも大切な友人たちにも望まない結果を招く。

またしても偽の記憶か。しかたない。

今夜のことを忘れるんでしょうか？

いえ、その心配はないわ。そんな雑な仕事はしない。ちゃんと記憶は残る。その他に第三者に話せるバージョンの記憶をいれるだけ。強制されたときに真実を忘れるのよ。

ケイドは息をついた。のがれるすべはなさそうだ。

わかりました。やってください。

精神を開いた。朱《ジュウ》の思考が流れこんでくる。精神のなかに満ち、他を追いやる。意識が遠ざかった。

気がつくと、とくに変わった感じはしなかった。朱《ジュウ》にしめされて、理解した。真実の出来事は憶えている。それとはべつに代替の記憶がある。真実をすこしだけ修正した記憶だ。すごいと思った。わずかな時間でケイドの精神を精密に操作した。しかもありえないほど洗練されている。精神は完全に朱《ジュウ》の手のなかにあったにちがいない。その気になればなんでもできたはずだ。精神を操作する朱《ジュウ》の能力に愕然とした。

彼女はもうポストヒューマンなのだ。

ワッツはライフルのスコープで、例の見覚えのある顔の男が朱《ジュウ》とケイドのそばを離れ、車をとりにいくのを見守った。スコープを使って顔を撮影し、動きを動画に撮った。

あの運転手は何者なのか。顔を見まちがえたか？　そうは思えない。最後に見たこの顔の男の印象は強烈だ。最終的に倒すまでに、高度に身体強化した海兵隊特殊部隊の四人が素手で殺された。忘れようにも忘れられない。

ＥＲＤがケイドをタイへ送ったのはそのためなのか？　目的はこの男か。それとも朱《ジュウ》か。そうだとしたら、なぜケイドを？

そして昨晩、ケイドとカタラネスをホテルまで尾行した仏僧はどう関係するのか。

わからないことばかりが増えていく。

車がレストランの玄関前にはいった。ワッツは装備をまとめて追跡の準備をした。

21 〈ワイルド・アット・ハート〉

朱水暎《ジュウ・スイイン》は車内でケイドを観察していた。やがて黒光りするオパールは神経科学学生の懇親会が開かれているバー〈ワイルド・アット・ハート〉のまえに到着した。

風《フェン》がケイドのドアを開けた。

「さあどうぞ。玄関から玄関へのサービスですよ!」

朱《ジュウ》は若者に声をかけた。

「とても刺激的だったわ、ケイド。またすぐに話す機会がほしいわね」

「楽しかったです、朱《ジュウ》博士。ごちそうさまでした。上海訪問の日程は追ってご連絡します」ケイドは朱《ジュウ》と握手し、車から降りた。「きみとも会えてよかったよ、風《フェン》。楽しい話ができた」

ケイドは軽く頭を下げ、手を挙げて挨拶すると、去っていった。

風《フェン》が運転席にもどる。朱《ジュウ》は訊いた。

どう思った?

風《フェン》はシフトレバーを操作し、左右を確認して、バンコクの荒っぽい交通のなかに慎重に出ていった。風《フェン》は考えをまとめるためにわざと間をとっていると、朱《ジュウ》にはわかった。自分の考えを確認してから答える。いつも慎重。昔から変わらない。

自分がそのような性格に彼らをつくったのだと、朱《ジュウ》は思いなおした。

あの若者は危険です。大きなリスクになります。

彼は大きな財産になりうるのよ。短期間にあそこまでやれたことに感心させられる。

博士の業績にくらべればそれほどでもない。

風《フェン》、数では人間がまさるのよ。桁ちがいに。わたしの能力が高くても、一人ではなにもできない。上海のチームだけでも無理。勝つためには陣営を強化しなくてはならない。最前線を押し広げられる人材が必要。そんな人材は少ない。ケイドはその一人よ。

理由はそれだけですか?

風《フェン》は朱《ジュウ》をよく知っている。昔の怒りが蘇った。苦痛の記憶。師匠の楊巍《ヤン・ウェイ》がリムジンのなかで焼け死ぬさま。CIAに殺された。そして……。

吐き気がした。思わず下腹に手が伸びる。意志の力で手を引き離した。この肉体は裏切り者だ。悲しみより怒りのほうがいい。

憎いのよ。CIAが。ERDが。どちらもおなじ。美しい精神を破壊した彼らを嫌悪する。苦痛をもたらす彼らを憎悪する。もちろん、彼を武器として使うERDにも腹が立つ。なにを考えているのかしら、あの無知で有害な愚か者たちは。わたしは機械ではないのよ、風《フェン》。昔よりも強い感情がある。アメリカ人に対するその感情は、怒りよ。

風《フェン》はしばらく黙っていた。

彼を強制支配すればいいでしょう。

朱《ジュウ》は苦笑した。自分を試しているのだろうか。

それについてのわたしの考えは知っているはずね。ケイドの精神を支配したら、他の人々にとってどんなメッセージになるかしら。全員を支配する？　そんなあやつり人形が成果を挙げられるとは思えない。もしわたしがそうだったら、師匠を超えられなかったし効率も悪かったはず。無理よ。わたしたちは自律的な存在として自由意志によって協力してこそ最大の能力を発揮する。自発的な協力関係が必須なのよ。

それを聞いた風《フェン》から満足した感じが伝わってきた。試したのなら、答えは合格だったのだろう。忠誠心と強制支配はまったくべつのものだ。

それでも心配です。アメリカはあなたに一目おいています。表面的な答えを聞いても納得しないでしょう。深く、ときには破壊的にケイデン・レインを追及するはずです。埋めこんだ記憶と障壁はもたないかもしれません。

彼を害することはしないはずよ。わたしを監視するのに使いたいから。そして、きわめて破壊的な手段以外では、埋めこんだものはもちこたえるはず。

そうかもしれません。

アメリカがわたしを害するのも無理。どんな形でも。

かもしれません。

風《フェン》は朱《ジュウ》が無敵であることを受けいれたがらなかった。

しかし妨害はできるでしょう。かなりの規模で。

ええ、それはできるわね。

中国政府を刺激して博士を害することもできるかもしれない。あるいはもっと悪いことでも。

可能性としてはある。対策が必要だ。

そこで風《フェン》、あなたの推奨は？

風《フェン》はしばらく黙って、バンコクの混雑のなかでオパールを右へ左へと割りこませた。

ケイデン・レインを深く尋問する機会をアメリカにあたえるべきではないと思います。

彼をこちらに奪えという意味？　あるいは殺せと？

風《フェン》はまた黙った。

たんにケイデン・レインを深く尋問する機会をアメリカにあたえるべきではない、という意味です。

事前の準備なしに彼を消すのも、中国へ拉致するのも、わたしたちの上位者が同意するとは思えないわ。

風《フェン》は間をとってから答えた。

知らせなければ同意は必要ありません。事故はいつでも起きる。バンコクは危険な都市です。

強硬なのね、風《フェン》。あなたがこの若者を殺すのかしら。罪のない彼を？

博士の安全が最優先です。彼はそれをおびやかす。

女のほうはどうなの？　同行している捜査官は。

風《フェン》は考えた。

困難をともないますが、不可能ではありません。

わたしとしては、彼を生かしてこちら側におきたい。殺すのではなく。

その選択肢はないかもしれませんよ。あたえられた選択肢の範囲で行動するしかない。

朱水暎《ジュウ・スイイン》はオパールの豪華なシートに体を沈めて、考えにふけった。

〈ワイルド・アット・ハート〉は、バンコクの観光地区の中心にある三階建てのクラブだ。ケイドが到着したのは午後九時。八時から十時までの懇親会のちょうど折り返し点で、会議に集まった学生であふれていた。

ケイドは人ごみをかきわけながら、考えていた。朱水暎《ジュウ・スイイン》は予想と異なる人物だったのか。ERDが主張する犯罪行為はすべて濡れ衣なのか。モンスターではなかったのか。

どうやらそうらしい。ケイドに提示されたポストは信じられないほどのチャンスだ。話に乗るのか。ERDを裏切るか。しかし、自分の仕事がもし軍事転用されて無辜《むこ》の市民を傷つけるのに使われたら、平然としていられるだろうか。

自分もポストヒューマンになるのか。半神半人、さらに不死になるのか。

バーの列に並び、二百バーツを払って強いアルコール飲料を受け取った。しかしそれに口をつけるまえに、電話経由のネクサス接続がつながった。

[サム]おかえり。屋上にいるから、来なさい。

ケイドは肩をすくめ、手にした酒を飲みながら屋上へむかった。勝負所だ。またしても。サムはパーティに背をむけ、タイの首都の雨に濡れた通りとその混沌とした交通を見下ろしていた。

「やあ」

「ご苦労さま」

サムは笑顔でケイドの腕に手をかけた。

[サム] 腕をわたしにまわして。

[ケイド] え?

[サム] 早く。

サムはまた通りにむいて手すりにもたれた。ケイドは顔をしかめながら彼女に腕をまわして、いっしょに景色を眺めはじめた。サムは体を押しつけてきた。雨のおかげで夜の空気はわりあいに涼しい。サムの体は温かい。引き締まって、女性らしい曲線がある……。

[サム] 反対の手をこっちへ。血を少しもらうわ。

［ケイド］なんだって？

［サム］一服盛られてないかどうか調べるのよ。

［ケイド］そのときは言うよ。

［サム］そうね。気づいていれば。話せれば。手を動かさないで。

ケイドは言われたとおりにした。サムはケイドの手をつかみ、反対の手で小さな三角形の黒い装置を取り出して、指の先端に押しつけた。ちくりとして、軽く吸われる感触。サムは数秒間押しつけたままにして、離し、ポケットにしまった。

それからケイドに体をすり寄せ、笑顔で訊いた。

「それで、ディナーはどうだったの？」

［サム］首尾は？

［ケイド］うまくいったよ。研究室の見学に招かれた。ポスドクとしてなじめそうか、たしかめにこいって。

［サム］上出来ね。じゃあ、ディナーの経過を教えてもらう。あなたの視点からの映像と音声をよこして。

本当に勝負所だ。ケイドは代替記憶のほうにはいった。朱《ジュウ》から精神に送りこまれたそれは、マスクのようにぴったり張りついている。精神にかぶせる布、あるいはステージで演じる役柄のようだ。ケイドはサムに対して精神を開いた。

サムはケイドの今夜の記憶をあちこち調べまわった。そんな彼女をケイドは見つめた。サムは会話の冒頭をざっと飛ばし、仕事の話に集中した。そして食事のおいしさと、朱《ジュウ》からにじみだす美食の官能を楽しんだ。

ケイドはいつのまにか勃起していた。サムの体にくらくらする。ぴったりと寄り添い、その尻のふくらみにケイドは手をおいている。筋肉質で引き締まっていながら、女性的な曲線もある……。髪からいいにおいがする。体の熱と感触に陶然とする。

サムはケイドの反応に気づいた。すこし体を離して空間をあける。手はまだ腰にかかっているが、言わんとするところはあきらかだ。ただの演技だから誤解するな……。

ケイドはため息をついた。こっちだってサマンサ・カタラネスなどに勃起したくない。

サムは記憶の検分にもどった。ディナーと会話を最初から最後まで調べた。矛盾やなんらかの疑問点をみつけたそぶりはない。

サムとケイドの電話が同時に鳴った。ナローンからのメッセージだ。

〝十時十五分に懇親会の会場前に来て。二次会に行こう〟だそうだ。

［ケイド］二次会ってなんだろう。

［サム］ナローンと親しくなるチャンスよ。スク・プラト‐ナンとその伯父のテッドに近づく道。行くわよ。

［ケイド］おおせのとおりに。


サムはケイドといっしょにパーティの人ごみにもどった。一時間たって午後十時になると、懇親会は表むきお開きになった。一部の学生は〈ワイルド・アット・ハート〉に残って飲みつづけ、他は雨降るバンコクの夜の通りにくり出す。

サムはケイドを連れて店の外へ出た。ナローンが待っていた。

「二次会ってどこ？」サムは訊いた。

「スクンビットのほうだ。どのへんかわかる？」ナローンは言った。

「だいたいは」

「ナナ地区の東側で、サマハン通りぞいだ」雨を見上げて、「近くまでタクシーで行って、あとは歩こう」

サムは好奇心を刺激された。サマハン通りだって？

「それってスクチャイ・マーケットのそば？」

ナローンは驚いた顔になった。

「まあ、数ブロックの距離だけど、そっちには行かないよ。方向がちがうから」

「見てみたいのよ。噂をいろいろ聞いてるから」

ナローンは居心地悪そうに言った。

「あまり上品なエリアじゃないんだけど……」

サムは笑った。

「大人の女で科学者よ。興味があるの」

ナローンは探るようにサムの目を見た。大丈夫か、あるいは信用できるかと値踏みしているようだ。そして決心した顔になった。

「いいよ。現地では僕のそばから離れないで、指示に従って。ケイド、きみもいいね？」

ケイドはやや困惑した気配を発散させている。

「いいよ。なんでもかまわない」

ナローンは肩をすくめて、ドア脇の籠から傘をとって通りへ踏み出した。口笛でトゥクトゥクを停める。座席に三人いっしょに乗った。サムが中央で、ケイドとナローンが左右。ケイドはサムと体が密着しているのを極力無視している。ナローンはどうか。ネクサス接続がなくてもその気持ちは丸わかりだった。

トゥクトゥクは濡れた道を走った。路面は黒光りし、まばゆいネオンを反射する。赤、青、緑、黄……七色に輝く。ドアのない側面から雨が降りこみ、体を濡らす。中央にすわるサムは被害が少ない。ドアのないトゥクトゥクで雨と風を浴びているいまだけはバンコクも涼しく感じられた。

トゥクトゥクは、インド製の安い二座席自動車のタタを追い越し、ベトナム製のベスパを追いやり、ときにはヒュンダイの四人乗りタクシーさえかわし、通行人を左右に追い払いながら雨に濡れた道を走った。

ガラスと鉄骨にはさまれた現代の谷底を走る。オフィスビルの一階はネオンが輝き、ヌードルショップ、マッサージパーラー、ブティック、電機製品のディスカウント店、ドラッグストア、バーなどがならぶ。そんな都市風景のなかにも黄金の寺や聖廟が点在する。小さなものから大きなものまでさまざま。尖塔も、釈迦像も、恐ろしい守護神の像もある。午後十時半だというのに閉まっているところはない。レストランも、商店も、バーも、寺もみんな開いている。線香を手にした人々が寺門を出入りしている一方で、通りの赤い照明のバーから大音量でロックミュージックが流れている。

スクンビット四番通りへ曲がった。悪名高い別名はナナ・タイ路地。バンコクの有名な性風俗街の一つだ。狭い通りにネオン輝く屋外バーが並ぶ。歩行者の多さにトゥクトゥクの速度は鈍った。極小のミニスカートやショートパンツ姿で、細い体にありえないほど巨大な胸を揺らす女たちがあちこちに立っている。男はおもにインド人、中国人、白人だ。女はみな若いタイ人で、買い手を待っている。バーで男の膝にすわってしなだれかかったり、女どうしで扇情的に踊ったりしながら、金で買って連れ帰ってくれる客を探している。ケイドの緊張をサムは感じた。目を丸くしている。これほどあからさまに性が売られていることに驚いている。ナローンのほうはうつむいている。

漆黒の髪の少女が、極小のホットパンツと白いビキニのトップという姿で、三人のトゥクトゥクに投げキスをした。まだ十八歳に満たないだろう。

奇妙な国だ。酒、煙草、悪態とは無縁の仏僧が二、三十万人いる一方で、彼らのいない場所に売春婦が二、三十万人いる。

いや……剃髪の男も一人いた。タイ人で世俗の服装をし、黒いミニスカートの少女を膝にすわらせている。仏僧も客のようだ。

トゥクトゥクは人ごみを縫ってゆっくり進んだ。ネオンサインが生のセックスショーを宣伝している。女の体をはさんだ二人の男が左右から腰で突くようすが、雑なアニメーションで描かれている。通りすぎながらケイドの視線はそこに釘づけになっていた。

「きみが話していたマーケットはこれかい？　これがスクチャイ？」

ケイドが訊いた。嫌悪と欲望と魅力という矛盾する感情がまじりあっているのがサムにはわかった。

「いいえ」サムは答えた。

「ここにあるのはセックスだけだ。スクチャイ・マーケットはもっと……変わってる」

ナローンは居心地悪そうに説明した。

トゥクトゥクは脇道に曲がった。サマハン通りだ。交通のなかを縫って走り、さらに狭い裏通りに曲がる。ここまで来ると道路名の看板はない。もうすぐだ。

建物のあいだの狭い路地の入り口で、トゥクトゥクは停まった。

「降りて」ナローンは言って、運転手に運賃を払った。「本当にスクチャイを見たい？」

サムはうなずいた。ケイドは肩をすくめるだけ。

ナローンは傘を広げた。

「マーケットでは僕から離れないで。ここには法に触れるものもある。ガイドの僕についてきたふりをすれば、それほどあやしまれない」

ナローンはそう言って、入り組んだ路地のなかにはいっていった。

ワッツは通りで止まった。トゥクトゥクからケイドと連れの二人が降りたところだ。彼らがはいっていった路地の先には……スクチャイしかないはずだ。なんの用か。ワッツはスクチャイをよく知っている。あそこで目立たずに尾行するのは難しい。

雨を見上げた。ここでは建物の間隔が狭い。なんとかなるだろう。ワッツは暗がりにはいり、背負った荷物のストラップを締めると、煉瓦壁に手をかけて登りはじめた。

資料

チャンドラー法（正式名、二〇三二年新型技術脅威法）は、科学に対する新たな戦争の口火を切った。この戦争の将来の行方を考えるには、麻薬戦争とテロ戦争の歴史を顧みるのが適切だ。これらのつくられた〝戦争〟と同様に、科学に対する戦争もまた際限がなく、自由を破壊し、副作用があり、標的とされた架空の脅威より戦争の実害がはるかに上まわったと結論づけられるだろう。

――『未来を解放せよ』二〇三二年

22　怪奇の市

狭い路地を右へ左へと案内していくナローンを、サムは注視していた。ある十字路では屈強な男が二人、雨も気にせず煉瓦壁にもたれていた。腕も胸もありえないほど筋肉が盛り上がっている。ナローンは軽く頭を下げただけでそこを通過した。

男たちを通過してもう一度曲がると、ふいに路地の幅が広くなった。屋台や店舗が左右に並び、ネオンとLEDが頭上に輝き、多くの人が歩いている。何百人もいる。屋台のまえで足を止め、小声で話し、商品や値札をたしかめ、低い声で値切る。うしろ暗い雰囲気がすべてに漂っている。襟を立て、フードをかぶって顔を隠している。

例の人間離れした筋肉男が二人、十字路をうろついてにらみをきかせている。筋肉移植だろう。非効率で長期的には萎縮するが、威圧的な外見はつくれる。この体格の負担から遠からず心臓肥大症になって死ぬはずだ。

ナローンは先へ歩いていく。傘をケイドとナローンに譲って、サムは数歩うしろを歩いた。頬にあたる雨が気持ちいい。すれちがう人々の顔を軍用コンタクトで撮影し、行動を録画する。アップロードしたデータは分析と顔認識にまわされる。

ケイドはきょろきょろしっぱなしだった。広い路地は人であふれている。火にかかった中華鍋。派手な光とにおい。品物を売る商人たち。

最初のいくつかの屋台は生殖技術を売っていた。男女産み分け。父親なしで二人の母親から子どもをつくる卵子融合。二人の父親と代理母から子どもをつくる三融合。子の身長、体重、瞳の色、髪の色、筋肉量、健康、IQ、カリスマ性を遺伝子操作するサービスは、〝その他のご要望にも応相談〟と謳っている。

生殖遺伝技術の次はバイオ整形だ。セミヌードの男女が実証モデルをつとめる。赤銅色の肌をした小柄な美女が最小限のビキニ姿で立つのは、肌色変更ウィルスを宣伝する店だ。簡単なメラニン操作セラピーで、アジア人の肌色を薄くしたり、白人の肌を小麦色にしたり、客の望みどおりに変えるという。

隣の屋台ではセミヌードの女が、動くタトゥーを見せている。生体発光する龍が臍の下から胸へ這い上がり、左の乳房を鉤爪でつかんでいる。首を一周して右側へ下りてきて、琥珀色の目を炯々と光らせる。女が筋肉を動かすとタトゥーも動く。尻尾を振り、鱗は色を変え、口と鼻孔からは光る炎を吐く。

脂肪除去に脂肪添加。北欧風の頬骨に四角い顎。アーモンド形の目、金色の瞳、猫目。

巻き毛ウイルスに直毛ウイルス。二股の舌やものをつかめる舌。身長変更。なんでも可能と看板とモデルが保証する。外科手術は不要。小変更から大変更まで、お望みのどんな外見でもスクチャイ・マーケットの遺伝子ハッカーにおまかせあれ。細胞を再プログラムして実現してさしあげます……金さえあれば。

「これ、全部本当なのかい?」

ケイドは声をひそめて訊いた。ナローンは肩をすくめた。

「なかには詐欺もあるだろうね。でもたいていは可能だ。安全かどうかは別問題だけど」

「どういう意味?」

「遺伝子ハッキングだからね。ときには狙った遺伝子ではなくべつのところを壊してしまうこともある。すると癌やもっと悪い結末になる。噂はいろいろある」

「テストはしてるのかい? 安全性試験とか、そういうことは?」

「こんな路地まで食品医薬品局[A]はやってこないよ。試したいサービスがあったら、その店について自分で訊いてまわるんだね。怖い噂がないか、悪評はないか、腕はたしかかと確認すればいい」

バイオ整形の次はバイオエロだ。ひたすら大きい、あるいは形のいい〝自然な〟乳房。大きなペニスや強いオーガズム。ポルノ男優なみの持続力と回復力を遺伝子挿入ウイルスで実現するという。

垂れ幕で宣伝されているのは、女性の性感増強薬を各種の形態で提供するという内容だ。恒久的に効果をおよぼす変異ウィルスも、短期的な効果だけを発揮する無味無臭の液体タイプもある。その屋台には男性客ばかり列をなしていた。分厚い札束と引き換えに注射器や薬瓶が渡される。ケイドは唖然としつつも興奮していた。

「無味無臭の液体って……」

「……つまり飲み物にまぜればOKってこと」サムが代わりに言った。

性的興奮より嫌悪感が強くなった。

バイオエロの次はバイオ神経製品だ。睡眠削減、あるいは無睡眠のハッキング。社交性強化。夢を思い出しやすくする、あるいは夢をみなくする。惚れ薬に、失恋の傷心緩和。ペアの絆を強化するウイルスセラピー。一夫一婦婚の強化注射。性的嗜好の変更治療は一時的か恒久的かを選べる。使用者を超生産的、超創造的なトランス状態にするというサバン薬。まばゆいLED看板で宣伝されているのは、音楽的才能を強化するウイルス注射だ。罪悪感除去薬に、宗教的信仰心や神秘体験を強化する薬。どの屋台も商品を調べ、交渉する客であふれている。

サムは眉間に皺を寄せていた。悪徳技術だらけだ。軍用になるものが散見される。人間を支配し、堕落させ、奴隷化できる薬がある。いきかう人々の顔を撮影しながら、コミュニオン・ウイルス――DWITYを探した。とりあえず見あたらない。しかし尋ねるべきところで尋ねれば出てくるかもしれない。DWITYドラッグ流通組織への潜入捜査で肉体的にも精神的にも大きな傷を負ったクリス・エバンズを思って、怒りを新たにした。

ケイドがサムの気分変化を感じて、好奇心の感覚を送ってきた。無言の問いだ。サムは無視した。

次は過激な医学製品になった。縦長の円筒ガラス容器を満たした透明な液体と泡のなかに、人体のさまざまな臓器が浮いている。心臓、肝臓、腎臓。いずれも移植用だ。自己細胞から数日で速成したクローン臓器だという。べつの屋台では切断した指や四肢を再成長させるウイルス治療を提供している。

「どうしてこんな路地裏で？　まともな病院で提供すればいいのに」

ケイドが訊くと、案内のナローンが教えた。

「たぶん非人間由来の遺伝子を使ってるからだよ。超速成の臓器は人間以外からハックした遺伝子が組みこまれている。再生ハッキングならイモリやヤモリのような一部のトカゲの遺伝子を使う。人体への移植は違法だ」

サムは、これらをクリス・エバンズの治療に使えないかとつい考えてしまった。脚の再生を速くできるだろう。再生容器での隔離状態を終わらせられる。

バイオ神経製品を眺める。どれも不愉快だ。

　クリスはこういうものと命がけで戦ったのだ。

　マインドコントロール技術と、クローン臓器や再生技術を分けて考えられるだろうか。一方を違法、もう一方を合法にできるだろうか。

　その考えを頭から追いやった。やるべき仕事をやるだけだ。法律を支持すると誓ったのだ。

　マーケットの奥へ進むほどに、提供される技術は過激になっていった。用心棒たちが施している筋肉移植。遺伝的性別の再設定。十倍の酸素運搬能力を持つ強化ヘモグロビン。他にもいろいろある。

　ナローンの解説が聞こえた。

「こういうものは慎重になったほうがいい。肉体は一つ変えると、たくさんのところに影響する。脳だってそうさ。十年後、二十年後にどんな副作用が出るか。だれにもわからない」

「この件ではいろんな思いがあるようね、ナローン」サムは言った。

　ナローンはしばらく黙りこんでから答えた。

「どうしてもね。合法であればどれだけけましか。地下にもぐっているせいで、逆になんでもありになっている。司法は見て見ぬふり。一方で安全性の努力はされない。客は集まるけど、宣伝どおりのサービスを受けられるとはかぎらない。かりに宣伝どおりだったとしても、長期的な影響は不明。グレーゾーンのままだから、顧みられず、あぶなっかしい。日のあたる場所に出して規制をかけ、安全性や品質を試験したほうがいいよ」

ナローンのこの意見に、ケイドが同意しているのが感じられた。

サムは異なる意見だった。完全に封印して鍵を捨ててしまうべきだ。このまま放っておくといずれ現実になる。こんなものに人間性を奪われてはならない。

しかし意見は口にしなかった。

サムはわが手を見つめた。自分は常人に不可能な強さを持たされている。スーパーヒューマン技術を規制するために、科学の力でスーパーヒューマンの兵器に変えられた。

こんな自分は？　細胞中の非人類遺伝子や、脳内のネクサスはどちらに属するのか。

ニーチェの一節が頭に浮かぶ。ナカムラがシニカルな気分のときによく引用していた。

〝竜と長く戦っていると、こちらも竜になる。深淵を見つめすぎると、深淵から見つめ返されるようになる〟。

サムはたしかに深淵を見つめている。竜と戦い、そのために竜になっている。

首を振って陰気な考えを払った。自分は兵士だ。危険を冒して他者を守るのが仕事だ。

ここにあるのは規制すべきものだ。

一度ガサ入れすればこの場所は浄化できるだろう。数百人の売り手と買い手を一網打尽にできる。

しかし翌日にはべつの場所でべつの市が立つはずだ。それで本当の解決になるのか。マーケットの反対端に来た。用心棒が二人、おなじく壁にもたれている。わざとさりげなくしているが、グロテスクなほど肥大した筋肉は必要なメッセージを発している。妙な真似はするな、というわけだ。通過する三人をじっと見たが、止めようとはしなかった。

「以上がスクチャイだ。パーティはここから数ブロック先でやっている。ついてきて」ナローンが言った。

ケイドは歩きながら、スクチャイで見たものを頭で反芻していた。ナローンの言うとおりだ。これらの技術が合法化されて規制され、試験対象になれば安全になるだろう。

ふと、ホルツマン博士から提案された仕事の話を思い出した。〝うちで――ERDで働かないか〟と誘われた。

ケイドは即座に断ったが、よく考えたら利点もあったのではないだろうか。制度を内側から改革できたかもしれない。これらの技術の扱いをいいほうに変える働きかけができたのではないか。ホルツマンも科学者だ。禁止一点張りの頑固者ではないだろう。

そうやってケイドが選択肢の迷路をさまよっていると、ナローンが路地の迷路から外へ導いてくれた。

ワッツは屋根づたいに一行を尾行していった。建物から建物へ身軽に跳び移る。だれも見上げようとはしない。もし見上げても、見えるのは雨と雲の闇を背景にした、より暗い影だけだ。

23 〈釈迦のキス〉

二次会はサマハン通りから一本はいった、こちらも無名の路地のクラブだった。店名はドアの上に〝グーブ・フラッファオ〟とタイ語で書かれている。〈釈迦のキス〉かと、サムは頭のなかで翻訳した。敬虔な仏教徒の社会では不敬な店名だろう。音楽と喧噪が外まで小さく聞こえてくる。

静かでトレンディなエリアだ。騒々しくいかがわしいナナの性風俗街や、違法な市場が立つスクチャイに近いにもかかわらず、どちらとも隔絶している。上昇志向で活動的なタイの若者たちがいかにもパーティの場所に選びそうだ。

ナローンは重々しい真鍮製のドアの横にあるボタンを押した。ドアが開き、筋肉質のタイ人の用心棒が顔をあらため、通してくれた。

店内は低いカウチがたくさん並んでいる。壁は赤と金色で、タイ語の文章や蓮の花や釈迦の絵がはめこまれている。着飾った若いタイ人や数人の外国人が三、四人ずつくつろぎ、談笑している。カラフルで澄んだ飲料を粋なグラスで楽しんでいる。隅の三人組は水煙管の複雑な装置で香料入りの煙草を吸っている。一方の壁ぞいにはブロンズとダークウッドのバーカウンターがあり、並んだボトルは背後からオレンジ色に照明されている。

ビートに抑揚をつけた官能的なフラックスが店内に流れている。サングラスと大きなヘッドホンのＤＪが隅に立ち、コンソールを操作しながら自分のビートで体を揺らしている。そのまえの小さなダンスフロアでは、二十代のタイ人女性三人がメタリック素材の短いスカートと金のバングルを揺らして踊っている。

ナローンは二人を連れてバーへ行き、バーテンダーに早口のタイ語で話した。

バーテンはケイドにむきなおり、音楽と喧噪に負けない声で訊いた。

「ＤＪアクソンの友人だそうですね」

ケイドも声を張り上げて答えた。

「そうだ。親友なんだ。いっしょの大学に通ってる」

「いつか連れてきてください。歓迎しますよ！」

バーテンの名はインディ。最初の一杯は彼のおごりだ。出されたのはココナツミルクと強いアルコールのカクテルで、ほんのりレモングラスの香りがつき、とてもおいしかった。

ナローンは二人を連れてクラブをまわり、客を紹介した。こっちがパロマとラランナ、ヤマとジャオ、トンガとチュアンとラージニ。ラージニのフランス人の友人のピエール。ズカはジンバブエ出身で、倫理の神経基盤を研究している。ウィルはいかにもイギリス人で、かなり酔っている。ルーサンはタイ神経科学学生協会の会長で、優秀な神経言語学者だ。DJの名前はサッジャ……。

サムの軍用コンタクトは全員を顔認識していった。チュアンという男はネクサス不正取引に多少関与している疑いがある。バロマは、〝世界を食え〟というタイトルの無政府主義者ブログを匿名で運営している。といっても行動はともなわず、ポーズだけだ。他に不審人物はいない。

DJがフェーダーで次の曲に切り換えた。ケイドが笑顔になったのがサムにはわかった。ランガン・シャンカリのオリジナルで、友人に捧げた曲だ。新しい客への歓迎をあらわしている。

サムはシャンカリと会ったパーティを思い出した。かかる曲をすべて知っていると感じ、関連情報もネクサス5を介して頭に流れこんだ。その驚きと快感を思い出す。

集中しなさい、サム。

よけいな考えを頭から追い払って、仕事に専念した。スク・プラトーナンの痕跡はとくにない。しかしナローンとその友人たちと親しくなれば、長期的に成果が期待できる。

ケイドは人気者になって楽しんでいた。ラナという若いタイ人の女をつかまえて、有名人のDJアクソンとのさまざまな冒険を語って聞かせている。ララナは笑いながら熱心に聞いている。

　サムは彼らのむこうのダンスフロアで踊る二人の女を見た。小さなピンク色のラベルを台紙から剝がしてかわるがわる相手の喉に貼りつけて、官能的に楽しんでいる。やがて二人は体を密着させて踊りはじめた。尻や胸を押しつけあい、舌をからめてキスする。そこに三人目の女が近づいて、あとの二人の体をなでまわしはじめた。

「あれはサッフォーを使ってるんだ」ナローンがサムの耳もとでささやいた。「女を女に欲情させる薬で、数時間持続する」

　振りかえると、ナローンはすぐそばにいた。

「男が男に欲情する薬もあるの？」サムは訊いた。

　ナローンはうなずいた。

「パッポン通りで働く少年たちは使ってるよ。男色は金のためだからね。どうせなら楽しめるほうがいい」

「あなたも使ったことが？」

　ナローンは肩をすくめた。

「楽しかったよ。でも僕が好きなのは女の子さ」

　両手をサムの腰に這わせる。

　サムは体を離して、彼のまえでひとさし指を振った。

「急ぎすぎよ。アメリカ人の女を落とすにはそれなりに手数がかかるの」

さあ、ナローン、わたしの気を惹く話をしなさい。スク・プラトーナンとその伯父のテッドにつながる話を。

ナローンは笑って、サムをまた友人たちに紹介しはじめた。

客が増えてパーティは混雑しはじめた。サッジャと数人はケイドをかこんで、ランガンの話を聞いている。話は二人の研究プロジェクトや脳対脳のデータ通信まで広がっている。

チュアンのおごりで全員に飲み物のおかわりが配られた。胸もとが広く開いたブラウスから不自然に大きな胸をのぞかせたブリーチ髪のタイ人の少女が近づいて、彼の腕のなかにおさまった。チュアンはシンクロニシティというドラッグの話をはじめた。サムはしばらく耳をそばだててから、さりげなく質問した。

「シンクロニシティって、どういうの？」

「NとMを混ぜたものさ。派手にトリップできる」

チュアンは自分の指先にキスして、その感覚を強調した。

もっと話させようとサムは質問を続けた。

「Nはネクサスのこと？」

「そうだ。Mは共感促進薬《エンパセク》だ。Mの効果でだれかとつながりたくなる。理解し、愛したくなる。そしてNで実際に他人の感覚につながれるわけだ。すごいぜ。まるで魔法だ」

チュアンは目を閉じ、陶然とした表情で説明した。

視野の隅で、にわかアナーキストのバロマがチュアンに、口をつつしめというジェスチャーをしていた。チュアンは困ったように目をぐるりとまわした。

「もちろん、聞いた話だぜ。そんな違法なものをやるわけないだろう」

皮肉っぽく声をひそめると、バロマ以外の全員がいっせいに笑った。

口の軽い男だ。糸口になる。

サムはチュアンの顔を見て、まばたきで経歴情報を呼び出した。トイレに立ち、女性用化粧室でじっくりと読む。神経科学の博士課程中退。スク・プラト－ナンの周辺人物と確認済み。独身。収入源はないはずなのに、バンコクのトレンディな地区に高級なフラットを持つ。流行のクラブや地元の一風変わった有名人と並んだ写真や、魅力的な若い女を何人もはべらせた自撮り写真を頻繁にSNSに投稿。遊び人だ。こういうタイプはよく知っている。お手のものだ。

化粧室から出て、ナローンとチュアンをかこむ輪にもどり、二人のあいだに割りこんだ。タイミングを見はからって、メキシコのビーチでの架空のLSD体験の話をした。波や太陽や空との強い一体感を知って、人生が変わったと話した。

チュアンはにやりとしてうなずいた。

「じゃあ、シンクロは試したことあるかい？」

サムは首を振った。

「いいえ。すごいらしいとは聞いてるけど」

乗ってこいと念じた。糸口になる。

「ネクサスを試したことは？」

「一度だけ。二カ月前よ。ケイドとランガンがやった大きなパーティで」

「アクソンとネクサスを？」チュアンが驚いた顔になった。

「ええ。百人くらいの客とケイドの友人たちもいっしょに」

「全員でネクサス？」チュアンはさらに驚いている。

サムはうなずいた。

「ええ。全員つながったのよ。すごかったわ」

そのときの感じをもっと知りたいの？

サムは目を閉じてのけぞり気味になり、恍惚としたヒッピー調の声で話した。

「みんなが一つに……パーティの全員が一つの巨大な意識体になって……自我は完全に溶けてなくなって……」

さて……これでどうかしら。すこしやりすぎだろうか。

目を開けてみた。するとチュアンがまじまじとサムを見ていた。そして笑いだした。

「きみは大丈夫そうだな」ナローンを見て、「このお嬢さんは大丈夫そうだ、ナローン。いい子をみつけてきてくれた」

サムはナローンに体を押しつけて、チュアンにむかってにやりとした。

「それがカリフォルニアの遊び方よ」

チュアンはまた笑った。

「じゃあバンコクの遊び方も教えてやらないとな。それは……」

「チュアン！」さえぎったのは、慎重派のバロマだ。「人目がある。口に気をつけろ」

チュアンは肩をすくめた。手にした酒が少しこぼれ、腕にもたれた娘にかかりそうになった。チュアンの顔に苛立ちの表情がよぎる。

「人目がある？　常連のクラブじゃないか。内輪の集まりさ」

バロマはタイ語で言った。

「彼女は米国人だぞ《カオ・ペン・クン・アメリカン》」

チュアンはあきれた顔をした。

「だから？」英語で返事をする。

サムはあえて黙った。

バロマはチュアンとナローンに手を振って合図する。

「話があるから来い《ラオ・ジャム・ペン・トン・クイ》」

そして離れたところへ歩いていった。

ナローンはサムにむかって肩をすくめて謝った。

「ごめん、あいつはときどき心配性になるんだ」

そしてバロマのあとを追ってクラブの人気《ひとけ》のない隅へ行った。チュアンも顔をしかめ、肩をすくめて続いた。

しばらく沈黙が流れた。だれかがバロマについて陰口に近いことを言い、みんな笑った。それで空気はもとにもどった。

サムは三人を目の隅で観察した。バロマもチュアンも身振り手振りをまじえて議論している。ナローンはあいだをとりもつ態度の仲裁役だ。興味深い。

サムは移動してケイドの会話に加わり、神経入出力アーキテクチャの議論を聞いた。タイ人学生たちはケイドの言葉を熱心に聞いている。すっかり尊敬の的になっている。

ふいに肩を叩かれた。ナローンだ。手招きされてその場から移動する。

「話はついたの？」サムは訊いた。

ナローンは顔をしかめた。

「ちょっと心配性のやつでね。じつは金曜日にちょっとした集まりがあるんだ。小規模でリラックスした、家族的な集まりで……」すこし間をあけて、「シンクロニシティを使う会だ。集まるのは十人ちょっと。気のおけない連中だ。よければきみとケイドもどうだい？」

「楽しそうね。ええ、ぜひ参加したいわ」サムは答えた。

「よかった。場所はこの建物の上の部屋。金曜の午後十時にこの店に集合だ」
「ありがとう」
サムは腕時計を確認した。もう午前一時近い。そろそろ帰るとナローンに告げた。いっしょにケイドのところへ行って話の輪から引っぱり出す。ナローンはあらためて金曜のシンクロニシティの会に招く話をした。

［サム］行くと返事して。

ケイドからは気が乗らないらしい気配が伝わってきたが、口では行くと答えた。ナローンは二人にサマハン通りへの出方を教え、そこでトゥクトゥクかタクシーを拾えばいいと話した。おやすみと手を振りあって、二人はひんやりしたバンコクの夜の空気のなかに出た。

ワッツは屋上でしゃがんでいた。古傷がうずく。ケイドとカタラネスと新しい友人――名前はナローン・チナワット――は、しばらくクラブにはいったままだろう。そのあいだにあの運転手の正体を調べよう。
ライフルのスコープごしに撮影したなかで、明瞭に写っている正面むきの数枚を選び、電話で似た写真のネット検索にかけた。可能性の高い順に結果が視界に並ぶ。ちがう、これもちがう、その次もちがう。似ているが同一ではない。そうやって数十枚、百枚と見ていった。結局、上位数百の検索結果にそれらしい者は見あたらなかった。

スコープ画像にもどって、斜め前からの写真を一枚選んで、ふたたび検索にかけてみた。またゴミ。さらにゴミが続く。

ん？　これはなんだ。四百三十八枚目。中国首相庄苞《ジュアン・バオ》だ。どこも似ていない。なぜこれがひっかかったのか。

ワッツは拡大してみて、胃の腑をつかまれたような衝撃を受けた。一致したのは庄《ジュアン・》苞《バオ》の顔ではない。背景の暗がりに立つ男。ボディガードだ。共産党中央弁公庁警衛局。中国版のシークレットサービスだ。

写真の日付は二〇三九年十月。六カ月前だ。中国首相の警護班員が、六カ月後に朱水《ジュウ・スイ》暎《イン》の運転手になっているということがあるだろうか。

それどころか、ワッツがカザフスタンで死亡を見届けた中国人の〝軍事顧問〟が、二年後に生き返ってこれらの職務をこなすことがありうるか。

さすがに考えられない。しかし、からくりは察しがつく。この三人は別人だ。中国の超人兵士計画の産物。三人ともクローンだ。

そんな兵士を運転手にあてがわれている朱水暎《ジュウ・スイイン》とは何者か。それほど重要人物なのか。

だんだん大きな話になってきた。知れば知るほど不愉快になる。

そのときクラブのドアが開いた。光と音が路地にあふれだす。ワッツはゴーグルに映した画像を消した。ケイドとカタラネスだ。

二人は真下を通っていく。

ケイドにべつの手段で連絡を試みるチャンスだ。こちらは高さ九メートル以上の屋根の上にいる。さしものネクサス5でも到達距離を超えているが、やってみる価値はある。

ネクサスのアクセスフィルタをはずして、眼下のケイドの精神を探した。いた……ケイドだ……。

くそ。

ワッツはぎょっとして、思念を引っこめた。ネクサスを走らせている精神が下に二つある。一つはケイド。もう一つはサマンサ・カタラネスだ。

ワッツは息を詰めて考えた。カタラネスに感づかれずにケイドに接触するような繊細な制御ができるか。さすがに自信がない。

状況は悪化している。やはりケイドの救出に踏み切るべきだろう。本人の意思にそっているかどうかはわからない。しかし状況は深刻になりつつある。重要な立場の人物が何人もからんでいることをケイドは知らないのだ。昨夜尾行されていたことも、危険にさらされていることも知らない。情報にもとづく選択ができない。ならばワッツがかわりに選択するしかない。

こちらにはライフルがある。考えるまえに引っぱり出していた。手がひとりでに動いてサイレンサー付きの銃身をねじこんでいる。ケイドを解放するのだ。組み立てたライフルにスコープを取り付ける。頭を狙おう。ライフルを両手で持ち、スコープに目をあてがった。カタラネスの後頭部が視野いっぱいにひろがる。照準はあっている。頭蓋骨は強化されているだろう。グラファイトメッシュか複合発泡材で補強されているはずだ。貫通できなくとも強い脳震盪で昏倒させるのは可能だ。親指が勝手に動いて安全装置を解除した。痛覚遮断機能があるだろう。一発では動きを止められないかもしれない。トリガーに人差し指をかける。

殺さずに倒せるか？ 着弾の衝撃で脳組織がジャムになるかもしれない。ゆっくり長く息を吐く。確信を持てない。

確実にケイドを解放するには、カタラネスを殺すリスクを負わねばならない。

くそ。

照準を下げる。脚だ。これで倒せる。

もしカタラネスが武器を持っていたら？ 振りむいて反撃してきたら？

息を吐ききって、安全装置をもどした。スコープから目を離す。首から下げたデータチップを胸の上に感じる。

あとすこしだったが……。

べつの方法もある。ホテルと会議場のあいだをタクシーやトゥクトゥクが通るルートは決まっている。ケイドとカタラネスがそれを利用するだいたいの時間もわかる。移動中を狙うのが最善だろう。ケイドの身柄をこちらに奪う。明日だ。

今夜はもう尾行する意味がない。行動は明日にしよう。ワッツはライフルを分解して荷物にいれた。建物から建物へ屋根を渡りながら、大通りへもどる。準備をしなくては。

〈下巻につづく〉

訳者略歴　1964年生，1987年東京都立大学人文学部英米文学科卒，英米文学翻訳家　訳書『勅命臨時大使、就任！』シェパード，『トランスフォーマー』フォスター，『ユナイテッド・ステイツ・オブ・ジャパン』トライアス（以上早川書房刊）他多数

HM=Hayakawa Mystery
SF=Science Fiction
JA=Japanese Author
NV=Novel
NF=Nonfiction
FT=Fantasy

ネクサス
〔上〕

〈SF2142〉

二〇一七年九月十日　印刷
二〇一七年九月十五日　発行
（定価はカバーに表示してあります）

著者　ラメズ・ナム
訳者　中《なか》原《はら》尚《なお》哉《や》
発行者　早川　浩
発行所　株式会社　早川書房

郵便番号　一〇一 - 〇〇四六
東京都千代田区神田多町二ノ二
電話　〇三 - 三二五二 - 三一一一（大代表）
振替　〇〇一六〇 - 三 - 四七七九九
http://www.hayakawa-online.co.jp
乱丁・落丁本は小社制作部宛お送り下さい。
送料小社負担にてお取りかえいたします。

印刷・三松堂株式会社　製本・株式会社明光社
Printed and bound in Japan
ISBN978-4-15-012142-6 C0197

本書は活字が大きく読みやすい〈トールサイズ〉です。